Brigitte Stolle (1959) legt hier ihren Imkerroman „**Bienenstich**" in 2. Auflage vor. Die Autorin arbeitete selbst viele Jahre lang mit Bienen. Ihre Kenntnisse und Erfahrungen mit der Imkerei hat sie in einen spannenden Mannheimer Regionalkrimi einfließen lassen. Erprobte, köstliche **Honigrezepte** finden sich im Anhang.

„Bienenstich ist ein herrlich erfrischendes Buch, dessen Genuss jedem Krimi-Liebhaber der subtileren Art wärmstens empfohlen werden kann" (Leserwelt)

***

„Wenn Bienen zu einer tödlichen Waffe werden ..."
(Mannheimer Morgen)

***

„Du greifst partout zu Ingrid Noll?
Lies doch mal Brigitte Stoll.
Hier fehlt, wie ich soeben seh'
Am Ende noch das kleine e.
Den Lapsus man entschuld'gen wolle ...
Man merke sich: Brigitte Stolle."

(Paul Baldauf, Schriftsteller)

„Denn so arbeiten die Honigbienen, Kreaturen, die durch Naturgesetz Volk und Reich das Werk der Ordnung lehren. Sie haben einen König und einen Hofstaat mit Beamten jeder Art, von denen einige im Inneren für Recht und Ordnung sorgen; andere wie Händler in der Ferne ihren Einsatz wagen; andere wieder als Soldaten, mit Stacheln bewaffnet, auf des Sommers samt'nen Blüten ihre Nützlichkeit vergeben, deren Ausbeute sie in frohem Flug nach Hause bringen ins königliche Zelt ihres obersten Herrschers; dieser überwacht in Ausübung seiner Würde, die singenden Maurer beim Bau goldener Dächer, die städtischen Bürger beim Mischen und Verkneten des Honigs, die geringen Arbeitsbienen, die an seiner schmalen Eingangspforte mit ihrer schweren Bürde passieren, während düsteres Recht mit verdrießlichem Summen die träge gähnende Drohne ihrem Schicksalsvollstrecker überlässt."

Shakespeare, Heinrich V.

Brigitte Stolle

Bienenstich

Imkerkrimi aus Mannheim

© 2016 Brigitte Stolle / 2. überarbeitete Auflage
(Die 1. Auflage stammt aus dem Jahr 2009)
Umschlagfoto „Frisch ausgeschleuderte Honigwabe":
Brigitte Stolle

Textwerkstatt Seckenheim am Wasserturm
Homepage: http://brigittestolle.de
Kontakt: b.stolle1@gmx.de

Verlag: tredition GmbH, Hamburg

ISBN
978-3-7345-2308-3 (Paperback)
978-3-7345-2309-0 (Hardcover)
978-3-7345-2310-6 (e-Book)

Printed in Germany

Das Werk, einschließlich seiner Teile, ist urheberrechtlich geschützt. Jede Verwertung ist ohne Zustimmung des Verlages und des Autors unzulässig. Dies gilt insbesondere für die elektronische oder sonstige Vervielfältigung, Übersetzung, Verbreitung und öffentliche Zugänglichmachung.

***

Weitere Bücher von Brigitte Stolle:

Die Köchin – Eine Groteske

Ameisentage – Drei unordentliche Lesestücke

66 kecke Köchinnen-Limericks

Als Brunhilde, Barbara und ich das Ewige Licht auspusteten - Kindheitserinnerungen

Prolog

Heidelberg im Dezember 1972

Ein richtiger Winter wollte sich in diesem Jahr nicht einstellen. Die Altstadt von Heidelberg lag unter einer trüben Wolkendecke, die für diese Jahreszeit erwartete Kälte war jedoch ausgeblieben. Der nur wenige Wochen alte Säugling, der friedlich schlafend und mit roten Bäckchen in seinem Kinderwagen lag, war trotzdem mollig warm verpackt. Die junge Mutter beugte sich von Zeit zu Zeit über den Wagen, um die Wolldecke zurechtzuzupfen. Auch außerhalb des Sommers war die historische Altstadt Ziel unzähliger Touristen aus aller Welt. Japaner, Amerikaner, aber auch Deutsche, darunter Ausflügler aus der Region tummelten sich hier gut gelaunt neben den Einheimischen, drängten durch die malerischen Gassen, in die traditionellen Studentenkneipen und anheimelnden Cafés, betrachteten die vorweihnachtlich geschmückten Auslagen oder strebten dem Heidelberger Schloss zu, um das berühmte Fass zu besichtigen.

Wenn das Treiben und Stimmengewirr überhandnahm, prüfte die junge Frau besorgt den Schlaf des Kindes, das sich jedoch in seinem weichen Berg aus Kissen und Decken wohl und behaglich fühlte und keinen Anstoß am hektischen Trubel ringsherum nahm.

Es war ein Sonntag, der einzige Tag der Woche, an dem die Frau keinerlei Verpflichtungen hatte und den sie deshalb mit Begeisterung dem Sohn widmete. Ein Spaziergang an der frischen Luft gehörte ebenso dazu wie die stundenlange intensive Beschäftigung mit dem kleinen Wesen, das Streicheln über das flaumige Köpfchen, das Wiegen auf dem Arm. Während der Woche waren ihr diese Freuden und Zärtlichkeiten nur selten vergönnt. Da sie alleine für ihren Sohn sorgte und niemanden hatte, der ihr dabei half, hatte sie eine schlecht bezahlte Stellung in einem Büro annehmen müssen. Um der Miete, dem Krippenplatz, all den vielen finanziellen Verpflichtungen, die das Leben mit einem Säugling mit sich brachte, gerecht werden zu können, putzte sie abends Büros, während das Kind bei einer älteren Nachbarin untergebracht war, die den alltäglichen Existenzkampf der jungen Frau mit Anteilnahme verfolgte und ihre Dienste unentgeltlich im Rahmen der Nachbarschaftshilfe angeboten hatte.

Die Frau schob den Kinderwagen am Hotel Ritter vorbei und bog dann nach rechts in die Krämergasse ab. Sie waren wieder zu Hause. Die Wohnung befand sich im dritten Stockwerk und bestand aus einem kleinen Zimmer mit Bad und winziger Küche. Als Studentenbude waren die Räumlichkeiten ausreichend gewesen. Nun jedoch, mit dem Säugling und seinem Bettchen, dem Wickeltisch und dem üblichen Babykram, waren die Raumverhältnisse an ihre Grenzen gestoßen. Da zudem der hölzerne Wäschetrockner Tag und Nacht aufgeklappt und mit frisch gewaschener Babykleidung behängt, mitten im Zimmer stand, war seit der Geburt des Kindes die vormals spartanisch und praktisch eingerichtete Wohnung in einen etwas unruhigen und strukturlosen Zustand geraten. Um Platz zu schaffen, waren die geliebten Bücher in Kartons verpackt und in den Keller geschleppt worden. Auf den beiden Wandregalen türmten sich jetzt Windelpakete, Babypuder, Decken, Fläschchen, all das, was keinen Platz in der Miniküche und im noch kleineren Badezimmer fand. Der chaotische Zustand der Wohnung quälte die junge Frau, die sich redlich Mühe gab, etwas Ordnung in ihre Behausung zu bringen. Aber das regelmäßige Hin- und Herräumen der einzelnen Gegenstände brachte keine wirkliche Lösung.

Die Frau seufzte. Deprimiert saß sie mit dem schlafenden Säugling auf dem einzigen Stuhl des Raumes und umschlang das Kind behutsam mit den Armen wie einen zerbrechlichen und wertvollen Gegenstand. Als es unerwartet die Augen aufschlug und seinen Blick vertrauensvoll auf sie richtete, gab sie sich einen Ruck.

„Wir schaffen das", flüsterte sie dem Sohn zu. „Wir lassen uns von niemandem unterkriegen!"

Und immer weiter sprach sie gebetsmühlenhaft auf den schläfrigen Säugling hinunter: „Wir beide werden das zusammen schaffen. Du und ich! Wir werden es allen zeigen!"

Dann erhob sie sich, legte das wieder eingeschlafene Kind in sein Bettchen und begann entschlossen, die Wohnung dem üblichen Sonntagsputz zu unterziehen.

Sonntag, 9. Juli 2006

Endspiel Fußballweltmeisterschaft Italien : Frankreich

Das Telefon schrillt mitten in die knisternde Spannung hinein.
„Ja, ist denn das die Möglichkeit?" Der Mann vor dem Fernsehgerät haut mit der rechten Faust ungehalten und zornig auf die Lehne seines Sessels.
„Verdammt, wer ruft denn jetzt beim Elfmeterschießen an? Das kann doch nur ein Schwachsinniger sein!"
Eben hat der Schiedsrichter Rot gezeigt und Zinédine Zidane vom Platz verwiesen, weil der den Italiener Marco Materazzi mit einem Kopfstoß gegen den Brustkorb niedergestreckt hat.
„Hat der sie noch alle?"
Der Mann vor dem Fernsehgerät kann es nicht fassen.
Wenn die Deutschen schon nicht Weltmeister werden, was sowieso „der größte Scheiß überhaupt" ist, dann doch wenigstens die Franzosen!
Das verzeiht er den Spaghettifressern nie, dass die am Dienstag die Deutschen platt gemacht haben.
„Die haben sich doch bis zum Finale durchgemogelt! Wir waren besser! Eindeutig!"
Der Mann nimmt einen kräftigen Schluck aus seiner Eichbaum-Export-Flasche und stöhnt entnervt auf.
Also Elfmeterschießen ohne Zidane.
„Jetzt fehlt denen der beste Schütze!"
Er wischt sich den Schweiß von der Stirn.
„Fairplay ist ein Wort, das Italiener nicht kennen. Denen geht es bloß ums Gewinnen, egal wie. Ein Scheiß ist das!"

Der Mann vor dem Fernsehgerät ist vor Aufregung hochrot im Gesicht, seine Hand schließt sich krampfartig um die Bierflasche, ununterbrochen schimpft er lauthals vor sich hin. Das Telefon gibt keine Ruhe. Er versucht das Klingeln zu ignorieren und verfolgt mit zunehmender Erregung und unter immer lauter werdenden Beschimpfungen und Anfeuerungen das Eins zu Null von Andrea Pirlo („Dieser elende Langhaardackel!") und das Eins zu Eins von Sylvain Wiltord („Gut gemacht, Junge!").

Das Klingeln hört auf, endlich, Gott-sei-Dank!

„Das war ja ein ganz Hartnäckiger! Na, dem erzähl ich was, wenn der sich noch mal meldet, so wichtig wird's schon nicht gewesen sein!"

Ein schneller Griff zu den Kartoffelchips.

Marco Materazzi läuft an, schießt ... „Toooor!"

Zwei zu Eins für Italien.

Der Mann mit der Bierflasche schreit hysterisch auf, die Spannung muss sich entladen. Schweißtropfen perlen großflächig über sein Gesicht.

„Das hab ich mir doch gleich gedacht! Spielt den Schwerverletzten! Und jetzt? Reines Glück!"

Eine ganze Handvoll Chips verschwindet auf einmal im Mund und wird laut knurpsend zermahlen. Aber schon geht es weiter. Der Nervenkitzel ist kaum zu ertragen. Auch das hektische Ziehen an der Zigarette schafft keine Abhilfe.

Eine eigenartige Stille herrscht im Stadion, die Zuschauer scheinen wie erstarrt. Auch der Mann vor dem Fernsehgerät greift sich unwillkürlich ans Herz, weil es laut pocht. Ungeduldig zappelt er auf seinen Sessel herum und drückt seine Kippe im Aschenbecher aus.

„Los, mach's nicht so spannend!"
Vor Erregung greift er wie ein Automat zur Zigarettenschachtel.
„Los, schieß doch. Los, los!"
Ein erneutes Klingeln lässt ihn zusammenfahren. Das Blut schießt ihm in den Kopf.
„Nicht jetzt, du Depp!", schreit er ungehalten zum Telefon hinüber.
Aber es klingelt weiter.
David Trézéguet, der Franzose, schießt ...
... und donnert den Ball gegen die Latte.
Ein Schrei aus unzähligen Kehlen. Wutentbrannt springt der Mann auf und reißt den Hörer mit Schwung vom Telefon.
„Seid ihr denn alle wahnsinnig geworden?"
Außer sich vor Zorn brüllt er in den Hörer hinein.

Dann, mit einem Mal, wird der Aufgebrachte ganz still und lauscht den wenigen Worten der verstellten Stimme am anderen Ende der Leitung nach. Die linke Hand sucht vergebens nach einem Gegenstand, an den sie sich festklammern kann und tastet hilflos ins Leere. Das Blut ist aus seinem Gesicht gewichen. Der Anrufer hat die Verbindung längst unterbrochen.

Kopflos rennt der Mann los, sein Gesicht ist weiß wie die Wand. Mit der linken Schulter bleibt er an der offenen Terrassentür hängen, stößt sich schmerzhaft an, taumelt kurz und hetzt weiter. Er spürt keinen Schmerz und läuft in den Garten, immer weiter, bis ganz nach hinten, wo der Gartenpavillon und die drei Bienenkästen stehen. Keuchend vor Anstrengung erreicht er den

kleinen Pavillon. Er stürzt zur Tür, reißt sie heftig auf und poltert in den kleinen Raum hinein.
Nichts! Es ist niemand da. Man hat ihn genarrt. Die Stimme am Telefon ...
Der Mann lacht laut auf, das Lachen fällt ihm schwer und klingt gezwungen. Er lässt sich auf einen Holzstuhl fallen und ringt um Fassung.
Die seltsame Stimme hatte mit kurzen, unmissverständlichen Worten mitgeteilt, dass seine Frau ...
Aber nein, das kann ja gar nicht sein. Almut war doch zum Spazierengehen in den Luisenpark gefahren. Er hat doch selbst das Auto wegfahren hören ...
Also angeblich sollte seine Frau jetzt in diesem Moment, ausgerechnet während des Endspiels, hier im Pavillon mit ihrem Liebhaber ...
Mit fliegendem Blick schaut sich der Mann erneut im Raum um.
Angeblich sollte sie sich in diesem Augenblick hier mit ihrem Liebhaber vergnügen.
Die Stimme am Telefon hatte allerdings nicht von „vergnügen" gesprochen, sondern eine eindeutig derbere Wortwahl getroffen.
Seine Frau sollte also hier ... „Lächerlich!" Der Mann schüttelt verstört den Kopf und lacht noch einmal kurz und unfroh auf. Man hat sich ein Späßchen mit ihm erlaubt. „Eine seltsame Art, Scherze zu treiben, weiß Gott!" Das Aufstehen bereitet ihm einige Mühe.
„Die Welt ist voller Verrückter!"
Mit matten Schritten tritt er aus dem Pavillon hinaus in den Garten. Der Schreck sitzt ihm noch in den Knochen. Aus! Das Spiel ist vorbei, jetzt wird er sich die Wiederholungen und Kommentare anschauen müssen.

Er verspürt keine rechte Freude mehr daran.
„Einfach ärgerlich, das Ganze!"
Im Wegschlurfen nimmt er aus den Augenwinkeln eine Bewegung wahr. Er wendet den Kopf und sieht die weißgekleidete Gestalt mit dem Imkerschleier und dem Overall aus schützendem Material. Die Gestalt steht direkt hinter den Bienenbeuten, hebt den Honigraum herunter und reißt mit einem Ruck das Absperrgitter heraus. Dann hämmert die Gestalt mit ihren Fäusten wie toll gegen das Holz des Bienenmagazins und beginnt, daran zu rütteln und zu schütteln.
Was sollte das bedeuten?
„Nein, nicht!" schreit der Mann. „Nicht doch, Vorsicht!"
Er bleibt wie angewurzelt stehen.
„Almut, bist du das?", fragt er zu der stummen weißen Gestalt hin. Er erhält keine Antwort.
Aber nein, das ist doch unmöglich! Almut weiß doch, dass ...
Der Mann greift unwillkürlich in sein Gesicht. Natürlich hat er die Brille in der Aufregung auf dem Couchtisch liegen lassen. Er beginnt, in Richtung Haus zu rennen. Dieses Mal rennt er um sein Leben. Seine Hauspantoffeln behindern ihn. Er schleudert sie von sich und verliert wertvolle Zeit. Denn schon hat ihn eine Gruppe der aufgescheuchten und empörten Bienen erreicht und umkreist brummend seinen ungeschützten Kopf. Der Mann erkennt die unbändige Wut der Tiere an ihrem hohen Summton und schlägt mit beiden Armen wild um sich. Die Bienen verfolgen ihn durch den Garten. Kurz vor der rettenden Terrassentür sticht die erste schmerzhaft zu. Mitten auf dem Kopf hat sie ihn erwischt. Das hektische Rudern und Schlagen mit den

Händen, der entsetzte Aufschrei, der schwankende Schritt bieten das Bild eines tollwütig Rasenden. Der Mann nimmt einen metallenen Geschmack auf seiner Zunge wahr, er spürt ein heftiges Brennen im Rachen, an Handflächen und Fußsohlen. Der zweite Stich trifft den Nacken. Er spürt seine Zunge anschwellen. Wie ein riesenhafter Fremdkörper liegt sie dick und schwerfällig in seinem Mund, den er nicht mehr vollständig schließen kann. Sein Herz rast in höchster Aufruhr. Kurz bevor die dritte Biene ihr Werk verrichtet, geht er zu Boden. Seine Beine scheinen wie aus Pudding, unfähig, das Gewicht des Körpers zu tragen. Er greift sich keuchend an den Hals, das Atmen fällt ihm schwer. Dumpf lallend ruft er nach seiner Frau, nach seinem Sohn, nach irgend jemandem. Die Kortison- und Antihistamin-Tabletten liegen in der Schreibtischschublade. Hört man ihn nicht? Ein Notfall! Man muss einen Arzt holen. Sitzen die Idioten samt und sonders vor dem Fernsehgerät, schauen die wirklich alle diese blöden Wiederholungen und Kommentare an? Mit Schaum vor dem Mund und auf allen Vieren kriechend versucht der Verzweifelte, die Terrassentür und das schützende Wohnzimmer zu erreichen. Dass es plötzlich drei Terrassentüren an seinem Haus gibt, stürzt ihn in tiefe Verwirrung. Mit glühendem Kopf will er darüber nachdenken, sich erinnern, doch sein Zustand lässt keinen klaren Gedanken zu. Er sackt röchelnd zusammen, krümmt sich wie in Fieberkrämpfen und zittert heftig, bevor ihn eine gnädige Ohnmacht ereilt.

Aber noch immer lassen die Bienen nicht von ihrem Opfer ab.

Zwei Jahre später ...

Als Henri am Dienstag früh um sieben Uhr dreißig nach einem reichhaltigen Frühstück mit Toast, Butter, Käse und Honig das Haus verließ, gingen ihm zwei Dinge durch den Kopf: das Geburtstagsgeschenk für seine Mutter und die kleine Feier, die am Samstag in zwei Wochen aus diesem Anlass stattfinden sollte.

Das Geschenk würde keine größeren Probleme bereiten. Henris Mutter war leidenschaftliche Sammlerin von gehobenem Schnickschnack aller Art: Sammeltassen, Schalen, Gläser, Figurinen – bevorzugt antiquarisch. Erst letzte Woche hatte er sie wieder einmal in einen ihrer Lieblings-Antiquitätenläden begleitet, eine Tischuhr mit Glasglocke war schon seit Längerem das Objekt ihrer Begierde gewesen. Henri hatte sie sanft bremsen müssen, damit nicht auch noch die sechs zierlich geschliffenen Biedermeier-Weingläser und die weiß-rote Kamee-Dose mit dem Portrait eines jungen Mädchens den Besitzer gewechselt hatten. In einem unbeobachteten Moment hatte er mit dem Ladeninhaber, Herrn Klein, getuschelt und sich die Dose zurücklegen lassen. Henri wusste, dass er seiner Mutter mit dieser kleinen Kostbarkeit viel Freude bereiten würde. Größer als die Freude an dem schönen Gegenstand würde jedoch wie stets das heftige Verlangen sein, alles besitzen zu müssen, was ihr gefiel. Die Dose würde, wie alle anderen Gegenstände, mit ehrlicher Begeisterung entgegengenommen und zu den übrigen Schätzen eingereiht werden. Henri hielt seine Mutter für krankhaft sammelsüchtig, da sie sich nur solange an Neuerwerbungen erfreute, bis das nächste Objekt in ihre begehrlichen Augen fiel.

Zu der Kamee-Dose würden sich selbstverständlich auch Blumen gesellen. Obwohl zum Haus ein großer Garten gehörte, in dem die drei Bienenvölker standen, an denen das Herz seiner Mutter hing, und rings umher Blumen aller Art wuchsen – Henri hätte fast keine davon mit Namen nennen können –, gehörten gekaufte Blumen für Henris Mutter unabdingbar zu einem jeden Geburtstag mit dazu. Er durfte jedoch nicht einfach ein Sträußchen auf dem Markt oder in irgendeinem x-beliebigen Laden kaufen. Diesen Fehler hatte er einmal als ganz junger Mann begangen, einfach zehn Tulpen auf dem Mannheimer Wochenmarkt gekauft. Seine Mutter hatte ihm daraufhin einen Mangel an Geschmack, ja sogar Lieblosigkeit vorgeworfen. Ein repräsentativer Strauß, in einem Floristikfachgeschäft von einem – möglichst homosexuellen – Blumenkünstler geschmackvoll zusammengestellt und reichhaltig dekoriert, musste es schon sein. Henri hatte sich achselzuckend gefügt. Im Übrigen waren ihm abgeschnittene Blumenleichen gleichgültig.

Größere Schwierigkeiten bereitete ihm die geplante Geburtstagsfeier. Seit seine Mutter Witwe war, also fast genau seit zwei Jahren, wurde ihr Geburtstag nur noch im kleinen, immer gleichen Kreis, gefeiert: die beiden älteren Schwestern der Mutter: Tante Marga und Tante Renate, die Nachbarin von Gegenüber, mit der auch während des übrigen Jahres gerne ein sonntägliches Schwätzchen mit Kaffee, Kuchen und Likörchen gehalten wurde – und Henri, der zum Stolz der Mutter die Gäste an der Tür empfing, zum Entzücken der Damen Kuchen verteilte und Kaffee nachgoss und zur Bequemlichkeit aller beitrug, indem er die Tanten nach dem Abendessen mit seinem Auto nach Hause fuhr. In diesem Jahr sollte es erstmals eine überraschende Neuerung geben: Herr Klein vom Antiquitätenladen, Anton mit Vornamen, war ebenfalls eingeladen worden.

***

Als der Vater vor zwei Jahren verstorben war, plötzlich und unerwartet, wie man in der Todesanzeige lesen konnte, hatte seine Mutter Geburtstagsfeierlichkeiten brüsk abgelehnt. Henri konnte sich noch gut an diese finstere Zeit erinnern: Wie tief die Mutter in Trauer versunken, wie gering ihre Lebenslust gewesen war. Um die Lebensüberdrüssige ein wenig aufzumuntern, hatte er sie zu einer kleinen Feier zu überreden versucht. Da Henris Überredungskünste nicht stark ausgebildet und mit dem Hinweis auf die erst wenigen Tage, die seit dem Tod des Vaters vergangen waren, gänzlich zum Erliegen kamen, hatte er die Vorbereitungen verzweifelt selbst in die Hand genommen und eine kleine Kaffeetafel organisiert. Als wollte ihn seine Mutter für diese Überrumpelung bestrafen oder – vielleicht kam es ihm auch nur so vor – sich aus irgendeinem Grund an ihm rächen, hatte sie ihm auch im letzten Jahr die Bestellungen und Einkäufe vollständig überlassen. Und auch in diesem Jahr sah es ganz danach aus, als sollten sämtliche Geburtstags-Vorbereitungen in seinen Händen liegen, obwohl er doch beruflich stark eingespannt war und für „Haushaltsangelegenheiten" überhaupt kein Händchen besaß.

***

Ich sitze in meiner kleinen Wohnung in der Mannheimer Innenstadt. Es ist ekelhaft schwül und temperaturtechnisch völlig gleichgültig, ob ich das Fenster öffne oder geschlossen halte. Wenn es offen steht, drängt der starke Geruch des Fisch-Feinkostladens von gegenüber gnadenlos ins Zimmer hinein. Er setzt sich in den Vorhängen fest, in den Sesseln und Kleidern – und ganz besonders in meiner feinen Nase.

Ich brauche eine feine Nase, denn ich bin Detektivin von Beruf. Noch bis vor zwei Monaten war ich Detektivin in einem Warenhaus, bis man mich wegen „Unfähigkeit" hinausgeworfen hat.

Unfähigkeit!!!

Die Wahrheit ist: ich bin unter falschen Voraussetzungen eingestellt worden. Für den Personalleiter eines Kaufhauses ist der Detektiv in erster Linie ein Jäger: Die Beute wird erblickt, gehetzt, der Jäger schlägt ohne Aufschub zu.

Verglichen mit der Tierwelt bin ich jedoch keine jagende Libelle, die mit ihren geschickten Beinchen einen Fangkorb bildet, schnell und virtuos durch die Luft schießt und ihrer Beute keine Chance zum Entrinnen lässt. ICH arbeite vielmehr wie eine Erdkröte: das bedächtige Herantapsen, das unmerkliche Fixieren, das gemächliche Zuschnappen entspricht meinem Wesen mehr. Will heißen: Ich brauche Zeit! Kaufhausdetektiven wird keine Zeit zugestanden, Diebe sind schnell und listig. Entdeckt man sie, muss man sich auf sie werfen, ihnen das Diebesgut entreißen und sie an der Flucht hindern. Nur zweimal haben sich meine Fangarme zu zögerlich bewegt – und schon fand ich mich auf der Straße wieder.

Der Fischgeruch wirkt bei kühlen Temperaturen recht angenehm und verursacht Appetit, während er mir bei Hitze eher lästig ist. Im Winter verzehre ich sowohl Fischbrötchen als auch gebackenen Fisch in rauen Mengen, im Sommer ziehe ich Geruchloses vor. Geradezu peinlich ist mir der Gestank hinsichtlich meiner Klientel. Da in dieser Stadt keine Unmengen an Kaufhäusern existieren, in denen eine arbeitslose Kaufhausdetektivin mit schlechtem Zeugnis rasch einen bezahlten Unterschlupf findet, habe ich ein Gewerbe angemeldet und kurzerhand dieses Schild an meiner Wohnungstür angebracht: „**Karla Kunstwadl – Ermittlungen, Observationen, Beschattungen. Privat und geschäftlich. Diskret und sorgfältig.**"

Das „Sorgfältig" liegt mir ganz besonders am Herzen. In den Zeitungsannoncen habe ich es trotz Mehrkosten fett hervorheben lassen. Es sollen keine falschen Vorstellungen hinsichtlich des Tempos meiner Ermittlungstätigkeit geweckt werden.

Und doch sind eifersüchtige Ehefrauen nicht bereit, allzu lange auf meine Ergebnisse zu warten. Auf Ergebnisse wohlgemerkt, die unangenehm und so schwer zu verdauen sind wie ein verzwiebeltes Heringsbrötchen. Sie wollen sich schnellstmöglich einen genauen Überblick über ihr Unglück verschaffen und zahlen für schlechte Nachrichten überraschend gut.

Ich sitze rauchend auf Parkbänken, stehe in Hauseingängen und vor Bürogebäuden und warte in aller Ruhe ab. Ich schleiche mich an Männer heran und hinter ihnen her, beobachte, fixiere und fotografiere. Ich trinke Cappuccino an Nebentischen, blättere gelangweilt in Zeitschriften und lausche den immer gleichen ermüdenden Gesprächen verliebter Paare. Den Cappuccino setze ich auf die Spesenrechnung. Meine Kundinnen sind zufrieden, zahlen und zucken ob der hohen Preise mit keiner Wimper. Wenn sie ungeduldig werden, werfe ich ihnen ein paar beunruhigende Köder vor die Nase, mache geheimnisvolle Andeutungen und verspreche Informationen in Kürze. Die Miete in der Innenstadt, selbst für übelriechende Bruchbuden, ist nicht billig. Abspringende Kundinnen sind mir unangenehm; eher rücke ich vorzeitig mit Informationen heraus. Bei sehr eiligen Damen auch mit solchen, die eventuell noch gar keine sind.

***

Diese Dame, die jetzt vor mir steht, ist sehr elegant gekleidet. Sie trägt teure Schuhe, ein schmuckes Handtäschchen und eine aparte Frisur. Ihre gepflegte Nase schnuppert unzufrieden im Zimmer herum. Ich schließe das Fenster und biete ihr einen Stuhl an. Meine gesamten Habseligkeiten sind in einem Zimmer zusammengepfercht, so dass ich die Kunden in dem zweiten Raum empfangen kann. Diesen Raum habe ich mit bescheidenen Mitteln in ein schlichtes Büro verwandelt: ein Schreibtisch, ein Aktenschrank mit vielen leeren Aktenordnern, zwei Stühle. Telefon und Laptop auf dem Tisch. An der Wand ein abstraktes Gemälde in seriösen Blautönen, das mich allerdings ein kleines Vermögen gekostet hat. Ich nehme mit Befriedigung wahr, dass der Blick der Dame an dem Bild hängen bleibt.

„Sie besitzen keinerlei Referenzen", sagt sie mit entwaffnender Frechheit und steckt sich eine Zigarette an, „Ihre paar armseligen Aufträge reichen kaum zum Überleben, Sie nehmen was Sie kriegen können und halten den Mund, wenn man Sie gut bezahlt!"

Ich bin erschrocken und reagiere beleidigt: „So ein negatives Bild haben Sie von einer Privatdetektivin?" frage ich pikiert und schiebe ihr einen Aschenbecher zu.
„Eigentlich nicht!" lächelt die Dame. „Aber ich habe Sie beobachtet. Sie scheinen mir genau die Richtige für meine Zwecke zu sein."

***

In diesem Jahr verspürte Henri überhaupt kein Verlangen, an dem Kaffeekränzchen teilzunehmen. Nicht, dass er etwas Wichtigeres vorgehabt hätte. Es war nur so, dass sich seit einiger Zeit etwas in ihm entwickelt hatte, was er doch früher nie an sich feststellen konnte, so etwas Ähnliches wie Aufsässigkeit nämlich. Er hatte absolut keine Lust, die mächtige Schwarzwälder Kirschtorte anzuschneiden, die Teile auf die voller Vorfreude zu ihm hingereichten Teller zu balancieren und „Hoppla, umgefallen, entschuldige, Tante Marga" zu sagen. Schon im letzten Jahr hatte er keine rechte Lust mehr dazu gehabt. Genau genommen schon im Jahr davor nicht. Zwar liebte er Schwarzwälder Kirschtorte, diese sahnige Leckerei voller alkoholisierter Kirschen. Und für gut gemachte Petits fours hätte er sterben können. Aber er hasste die unausweichlichen Kaffeetantengespräche: „Hmmhh, Almut, dein Kaffee ist heute wieder unbeschreiblich." Und Almut, seine Mutter, mit dem immer gleichen, betont ausdruckslosen Gesicht, das, wie er argwöhnte, wohl ihren Besitzerstolz kaschieren sollte: „Henri hat ihn gemacht!" Auf diese Eröffnung kam dann stets der enthusiastische Aufschrei der verzückten Kaffeerunde, der sowohl Bewunderung als auch Neid hätte ausdrücken können: „Mein Gott, Almut, dein Henri ist wirklich ein wahres Goldstück!" Und wenn Henri sich daraufhin bescheiden verbeugte und ein „Ach, das ist doch gar nichts Besonderes" vor sich hinmurmelte, drängte es die Tanten geradezu, ihm Küsse auf die Wangen zu drücken und die Nachbarin konnte nicht mehr an sich halten und musste klagend über ihren eigenen faulen, undankbaren und nichtsnutzigen Sohn berichten, was ihr, besonders von Seiten der Mutter, viel Aufmerksamkeit einbrachte. Auch unterließ es die Mutter nie, Henri in aufdringlicher Weise in dieses Gespräch einzubeziehen und sein Interesse auf diesen ihm völlig unbekannten „faulen" Sohn zu lenken.

***

Henri warf die Aktentasche, die nichts als die von der Mutter zubereiteten und eingepackten Frühstücksbrötchen enthielt, nachlässig auf seinen Schreibtisch und ärgerte sich, dass man wieder einmal vergessen hatte, seinen Papierkorb zu leeren. Alle anderen Papierkörbe wurden regelmäßig geleert, dies hatte er auf Nachfrage hin von mehreren Kollegen und Kolleginnen erfahren, nur der seine wurde in letzter Zeit ebenso regelmäßig vergessen beziehungsweise nur jeden zweiten, manchmal sogar nur jeden dritten Tag geleert. Er quittierte diese Nachlässigkeit mit einem ärgerlichen Fußtritt gegen den armen Eimer und murmelte „Frechheit!" vor sich hin. So konnte das nicht weitergehen. Seit Tagen schon überlegte er hin und her, wie da wohl Abhilfe zu schaffen wäre. Da er das Büro täglich pünktlich um sechzehn Uhr dreißig verließ, die Putzkolonne jedoch erst eine Stunde später eintrudelte, fiel die Möglichkeit, die säumige Putzfrau persönlich zurechtzuweisen, von Vornherein ins Wasser. Eigentlich war er sogar recht froh darüber, hatte er doch keinerlei Erfahrung damit, wie ein solches Gespräch am geschicktesten anzuknüpfen wäre. Mit der Haushaltshilfe seiner Mutter hatte er keinen Kontakt; er wusste nicht viel mehr über sie als dass es sie gab und dass auch die Reinigung seines Zimmers zu ihren Obliegenheiten zählte. Einige Male in der Vergangenheit, wenn auch nicht allzu häufig, hatte er von der Mutter Bemerkungen aufgeschnappt, welche diese Person und deren unsorgfältiges Arbeiten betrafen. Die Mutter hatte sich dahingehend geäußert, dass sie mit „der jungen Frau" ernsthaft reden müsse und dass es „so nicht mehr weiterginge". Vielleicht hatte sie: „So kann es nicht weitergehen, Frau …", wie hieß die „junge Frau" eigentlich mit Nachnamen?, gesagt. Oder nannte sie die Putzfrau beim Vornamen? Immerhin war die Dame „jung". Andererseits, eine alte Frau von über fünfzig Jahren nennt selbst vierzigjährige Menschen „jung". Hatte seine Mutter die unsorgfältige Dame hinausgeworfen und eine zuverlässigere eingestellt?

Er wusste es nicht.

Nun rächte es sich, dass Henri stets nur mit halbem Ohr zugehört hatte, wie immer, wenn er einer Sache kein rechtes Interesse entgegenbringen konnte. Es wurmte ihn, dass er seine Mutter nie über den Verlauf eines solchen Gespräches ausgefragt hatte. Henri bemühte sich redlich, seinem Gedächtnis wenigstens ein paar Erinnerungsfetzen zu entreißen. Nun, er musste bei ihren Erzählungen mit seinen Gedanken ganz woanders gewesen sein. Aber selbst wenn er zugehört hätte, hier an seinem Arbeitsplatz handelte es sich um eine Reinigungsfirma, die ihre Putzkräfte zu Kunden schickte. Er selbst konnte ja niemanden hinauswerfen, ihm blieb lediglich die Möglichkeit der Beschwerdeführung.

Wie die Putzfrau hieß, die hier im Büro für Ordnung sorgte, konnte Henri schon dreimal nicht wissen. In Gedanken probierte er es mit: „So kann es nun wirklich nicht mehr weitergehen, Frau X. Es überschreitet meine Kompetenz, mich in Ihre Arbeit einzumischen, aber ich möchte doch sehr darum bitten, dass mein Papierkorb regelmäßig geleert wird. Und unter regelmäßig verstehe ich täglich, das heißt von Montag bis Freitag, denn dass Sie an Wochenenden keinen Zutritt zum Verwaltungsgebäude haben, liegt schließlich auf der Hand, da doch am Samstag und Sonntag auch sonst niemand im Gebäude anwesend wäre, der irgendetwas verschmutzen oder in Unordnung bringen könnte." Er prüfte diesen Satz gründlich und fand ihn schließlich für seine Zwecke ausreichend. So könnte es funktionieren, vorausgesetzt, er würde die Putzfrau einmal zu Gesicht bekommen. Eine andere Möglichkeit wäre, ihr die Beschwerde auf einem Zettel zu hinterlassen und das Schriftstück auf dem Schreibtisch zu platzieren. Henri war sich jedoch sicher, dass die Frau den Zettel nicht lesen würde, da naturgemäß sehr viele Schriftstücke auf seinem Schreibtisch lagen, Bescheide, Umläufe, Gesprächsnotizen, Verfügungen. Wo sollte sie da zu lesen anfangen? Wie, wenn er „Sehr geehrte Putzfrau" über seine Reklamation schriebe, damit sie sich persönlich angesprochen fühlen konnte? Auch diese Idee verwarf Henri nach einigem Grübeln und er nahm sich vor, an irgendeinem Tag etwas länger im Büro auszuharren, um der Putzfrau seinen Kritikpunkt persönlich zu übermitteln.

***

Henris Büro im Verwaltungsgebäude einer Mannheimer Berufsgenossenschaft hatte seinen ganz eigenen

Reiz. Die Wände hingen voll mit Postern bekannter Gesichter aus Film und Fernsehen, was er sich daheim, im Haus seiner Mutter, nie getraut hätte, an die Tapete zu piksen. In jüngeren Jahren, als er für den einen oder anderen Popstar, für diese oder jene Schauspielerin bewundernde respektive schwärmerische Gefühle entwickelt hatte und, wie seine Schulkameraden, jedes freie Fleckchen seines Zimmers gerne mit den Abbildungen seiner Idole zugehängt hätte, war von seiner Mutter nur ein einziger Satz zu hören gewesen: „Sei doch nicht so gewöhnlich, Henri!" Sie hatte einige der ererbten Ölgemälde vom Speicher geholt und Henri sich für jede freie Wand eines aussuchen lassen, insgesamt also zwei Bilder, da die beiden anderen Wände der Zimmertür bzw. dem Fenster vorbehalten waren. Seine Wahl war, wie ihm allerdings erst viel später klar wurde, zu überhastet und unbedacht erfolgt, sie war nämlich auf einen kahlen ausladenden Baum gefallen, dessen äußere Extremitäten nicht mehr ganz auf das Bild gepasst hatten. Henri fragte sich beim Anblick des Bildes oft, warum der Maler nicht ein größeres Leinwand-Format gewählt oder den Baum einfach kleiner gehalten hatte, die unordentliche Malweise störte und belästigte ihn seit seiner Jugendzeit: überall abgeschnittene Astspitzen – musste das denn sein? Genau genommen waren die Astspitzen nicht einmal abgeschnitten, sondern einfach von Vornherein nicht hingemalt worden. Das Kind Henri hatte abends in seinem Bett oft stundenlang darüber nachgegrübelt, warum der Maler dies wohl getan haben könnte. Henri selbst hätte den Baum erst mit Bleistift vorskizziert und die Äste, wenn sie nicht auf seinen Malblock gepasst hätten, entweder verkürzt oder ganz wegradiert, dann den Baumstamm verschlankt und die Äste wieder hingemalt. Irgendwie gab es überhaupt keinen Grund, warum die spitz auslaufenden Astenden dem Betrachter vorzuenthalten waren.

Das zweite Bild zeigte einen vollbärtigen faltigen Mann mit Tabakspfeife im Mund, der mit sonderbar blauen Augen streng auf Henri herunterblickte und alle seine Verrichtungen mit deutlicher Missbilligung verfolgte. Als kleiner Junge konnte Henri die Allgegenwart des Alten keine Sekunde lang vergessen. Wenn er am Tisch vor dem Fenster seine Hausaufgaben machte und bei irgendeiner Aufgabe stecken blieb, drehte er regelmäßig seinen Kopf zur rechten Seite, wo das Bild hing, um zu überprüfen, ob der schreckliche Alte nichts von seinem Steckenbleiben bemerkt hatte. Seine Mutter hatte seine Gemäldeauswahl nicht nur gebilligt, sondern über die Maßen gelobt und dem Sohn anerkennend über den Kopf gestrichelt.

***

Seit Henri bei der Berufsgenossenschaft ein eigenes Zimmer besaß (er war bereits mit Anfang dreißig Sachbereichsleiter einer kleineren Verwaltungseinheit geworden und jetzt mit Mitte Dreißig wurde ihm sogar der Posten des Abteilungsleiters für den Fall in Aussicht gestellt, dass sich der jetzige Amtsinhaber in einen vorzeitigen Ruhestand begeben würde), hatte er nach und nach seine Scheu überwunden und seine Wände nach Herzenslust mit billigen Postern, Zeitungsausschnitten und Postkarten vollgehängt. Im Kontrast zu seinem eher hausbackenen Äußeren – bei der Arbeit in einer Behörde Jeans zu tragen oder die Krawatte wegzulassen, fand seine Mutter mehr als anstößig –, wirkte der Arbeitsraum ziemlich unpassend und das Ensemble von Zimmer und Henri ergab ein etwas wunderliches Zusammenspiel, das von manch einem Kollegen zart belächelt wurde. Zum Glück war Henri ein stiller und umgänglicher Zeitgenosse, so dass niemand wirklich bösartig über ihn dachte oder redete. Wenigstens bekam er von dem Getuschel hinter seinem Rücken nichts mit.

Heute, an diesem aufsässigen Dienstagvormittag, dachte Henri zwischen seinen Aktenbergen, seinen „Eilt"- und „Dringend"-Stempeln und seiner Kanne mit grünem Tee erstaunlich häufig über die kommende Geburtstagsfeier nach. In der Mittagspause wollte er die Kamee-Dose im Antiquitätenladen abholen und bis zum bewussten Datum in seinem Büroschreibtisch verstecken. Danach musste beim Café Kirschenmichel die Schwarzwälder Kirschtorte nebst zwölf schönen Petits fours vorbestellt werden. Auf ein persönliches Vorsprechen an der Kuchentheke – „Und frag unbedingt nach dem Konditormeister Kirschenmichel persönlich!" – wurde mütterlicherseits wie immer größter Wert gelegt.

***

„Woher weiß man überhaupt, dass der Honig reif zum Abschleudern ist?, fragte die Frau interessiert. Almut

lächelte geheimnisvoll: „*Man* braucht das gar nicht zu wissen. Die Hauptsache ist, die Bienen wissen es!"
Die Frau machte ein verständnisloses Gesicht, als sie mit Kisten und allerlei Handwerkszeug beladen den kleinen Gartenpavillon verließen und ihre Utensilien zu den drei Bienenstöcken schleppten. Drinnen hatten sie sich bereits umgezogen. Beide Frauen trugen nun einen weißen Arbeits-Overall und den typischen Imkerschleier, um sich vor den Stichen aufgebrachter Bienen zu schützen. Denn der Imker ist für die Bienen nichts anderes als ein räuberischer Honigbär, der ihnen das Ergebnis ihrer Arbeit stehlen will und deshalb vertrieben werden muss.
„Es ist ganz einfach!" Almut bemühte sich, es ihrer Gehilfin in einfachen Worten zu erklären:
„Die Bienen sammeln den Nektar von den Blüten und wandeln ihn in Honig um. Nektar ist flüssig, nicht wahr? Honig dagegen sämig. Um die Flüssigkeit zu reduzieren und den Honig dadurch haltbar zu machen, sitzen die Bienen ständig auf den Waben und fächeln so lange mit ihren Flügeln, bis der Flüssigkeitsgehalt unter 20 % gesunken ist." Almut demonstrierte diesen Vorgang mit ausgebreiteten Armen und flinken Flatterbewegungen ihrer Hände. Dazu machte sie ein gedehntes Schschschsch-Geräusch, um die brausenden Töne des Flügelschlagens deutlich zu machen.
„Nach einigen Wochen ist der Honig reif. Dann verschließen die Bienen die Honigwaben mit einer hauchdünnen weißen Wachsschicht."
Jetzt nickte die Frau: „Und wenn Sie diese Wachsschicht sehen, wissen Sie, dass der Honig reif zum Schleudern ist!"

Die beiden standen hinter den drei Bienenkästen und wurden von den summenden Bienen umschwirrt. Wie glänzende Pünktchen tanzten die Tiere in der Sonne und hoben sich ab vom dunkelgrünen Brombeerbusch.
„Genau so ist es!" bestätigte Almut und freute sich über das Interesse ihrer Begleiterin.
„Na, dann wollen wir mal. Angst?"
„Ein bisschen schon!"
Die Frau hatte keinerlei Erfahrungen mit Bienen. „Erklären Sie mir alles, was ich wissen muss!"
„Schauen Sie, so ein Bienenstock, der in der Imkersprache „Beute" heißt, besteht meist aus verschiedenen Teilen: es gibt einen Boden mit dem Flugloch, darauf steht der erste Brutraum, dann der zweite Brutraum und schließlich der Honigraum."
Almut zeigte mit ihrem weißbehandschuhten Finger erklärend auf die einzelnen Teile.
„In den beiden Bruträumen befindet sich die Königin, die ständig Eier legt und, wie der Name schon sagt, die Bienenbrut. Im Honigraum ist der Honig, den wir jetzt ausschleudern wollen."
„Und woher weiß die Königin, dass sie keine Eier in den Honig legen darf?" Karla war jetzt wirklich neugierig geworden.
„Sie würde es mit Vergnügen tun", lachte Almut. „Sie müssen aber wissen, dass der Hinterleib einer begatteten Königin mit Eiern so vollgefüllt ist, dass „Ihre Hoheit" viel größer und dicker ist als die Arbeiterinnen. Wir Imker nutzen das geschickt aus und legen zwischen Brutraum und Honigraum ein Gitter, durch das zwar die schlanken Arbeiterinnen durchkrabbeln können, die

fette Königin wegen ihrer Leibesfülle jedoch nicht."
Über die „fette Königin" musste Karla schmunzeln.
„Das leuchtet mir ein" sagte sie nach kurzem Nachdenken. „Eine interessante Sache, das Ganze."
„Und jetzt zeige ich Ihnen, wie trickreich wir Imker sonst noch sind!"
Almut öffnete den Deckel des ersten Bienenstockes.
„Schauen Sie: der Honigraum!"
Sie lockerte mit ihrem Stockmeisel die mit Propolis verkitteten Einzelteile und entnahm dann mit sicherem Griff ein schwer mit Honig gefülltes Honigrähmchen. Jede einzelne Zelle war mit einer weißen Wachsschicht bedeckt.
„Zwei bis drei Kilo Honig pro Rähmchen, schätze ich."
Almut nickte zufrieden.
„Und wo meinen Sie, befinden sich jetzt die Bienen?"
Ratloses Schulterzucken.
„Sehen Sie dieses dünne Brett, das zwischen dem Brutraum und dem Honigraum liegt?"
Almut stieß mit dem Stockmeißel kurz dagegen.
„Das wird einen Tag vor dem Abschleudern angebracht. Eine ganz raffinierte Vorrichtung, sie ist nur einseitig passierbar. Die Arbeiterinnen, die für den Honig zuständig sind, haben von Zeit zu Zeit Sehnsucht nach ihrer Königin, sie vermissen ihren Geruch. Also wandern sie immer mal wieder nach unten, um mit der Königin Kontakt aufzunehmen. Wenn sie dann wieder zu ihrer Honigarbeit zurückwollen, geht das nicht. Wegen dieses Brettes. Es wird Bienenflucht genannt."
„Das ist ja gemein!"
„Gemein schon! Aber dafür werden wir jetzt nicht von den Bienen belästigt, wenn wir die vollen Honigrähm-

chen herausnehmen. Schauen Sie!" Und tatsächlich: Almut holte ein Rähmchen nach dem anderen aus dem Honigraum, dem ein verführerischer Duft nach Wachs und Honig entströmte. Die vereinzelten Bienen, die sich noch im Honigraum befanden, kehrte sie mit einem weichen Besen ab.

„So und jetzt schnell in die Kisten damit und den Deckel drauf", trieb Almut ihre Helferin an.

Die eilte mit der ersten Kiste Richtung Pavillon, wobei sie von einigen Wächterbienen, die den Diebstahl bemerkt hatten und von ein paar besonders aufdringlichen Wespen verfolgt wurde.

„Puh, ist das schwer!"

Inzwischen hatte Almut auch dem zweiten Bienenstock die Honigwaben entnommen und holte ihre Helferin mit einer weiteren schweren Kiste ein.

„Das kann man wohl sagen! Zehn volle Honigrähmchen à 2 Kilo sind kein Pappenstiel."

Die beiden Frauen gerieten durch das eilige Gehen mit der schweren Last etwas außer Atem und lehnten sich im Pavillon kurz an den Holztisch.

„Bisher hat immer meine Schwester, die Marga, bei diesen anstrengenden Arbeiten geholfen."

Almut atmete schwer.

„Aber sie hat Probleme mit ihrem Rücken. Ich bin Ihnen wirklich sehr dankbar, dass Sie mich außer bei der vereinbarten Hausarbeit auch noch bei dieser Arbeit unterstützen!"

Karla winkte beschwichtigend ab.

„So, Endspurt!" keuchte Almut, die sich von der Anstrengung schnell wieder erholt hatte.

„Keine Müdigkeit vorschützen! Jetzt noch der Honig vom letzten Volk und wir können ans Schleudern gehen!"

Die kleine elektrische 4-Waben-Honigschleuder befand sich in einem separaten Raum des kleinen Gartenpavillons. Almut bereitete die erste Ladung vor, drückte auf den Knopf und nach kurzer Zeit floss der goldgelbe Honig durch ein Doppelsieb in den bereit gestellten Eimer.

„Sie dürfen ruhig ihren Finger in den Strahl halten", erlaubte Almut. So frisch haben Sie bestimmt noch keinen Honig gekostet!"

Karla schien ehrlich begeistert. „Toll!", schwärmte sie. „Das macht ja richtig Spaß!"

„Wie sind Sie denn an dieses ungewöhnliche Hobby geraten?"

Zum ersten Mal an diesem Frühsommerabend antwortete ihr Henris Mutter nicht sofort. Schweigend verschloss sie den ersten vollen Honigeimer mit einem Deckel. Fast konnte man über das plötzlich strenge und beinahe abweisende Gesicht ein wenig erschrecken.

„Wie die Jungfrau zum Kind", Almut sprach sehr langsam und sah Karla forschend in die Augen.

„Mein verstorbener Mann war leidenschaftlicher Imker", sagte sie dann zögerlich. „Als er nicht mehr mit den Bienen arbeiten konnte, haben wir die Völker bis auf drei verkauft! Ich habe weitergemacht mit der Imkerei. Nennen Sie es Sentimentalität."

„Warum konnte ihr Mann nicht mehr...?"

Almut wandte sich brüsk ab. Die restliche Arbeit wurde in drückendem Schweigen verrichtet.

Das erste Jahr nach dem Tod des Vaters hatte Henri der Mutter so gut wie möglich beigestanden und war nach Büroschluss unverzüglich nach Hause geeilt, um gemeinsam mit ihr das Abendessen einzunehmen, anschließend eine Fernsehsendung anzusehen oder in den Fotoalben der Familie zu blättern. Aber seit einiger Zeit gehörten ihm seine Feierabende ganz alleine. Nach und nach hatte er es so eingerichtet, dass er sich für jeden Abend einen anderen Zeitvertreib gesucht hatte, eine andere Verpflichtung eingegangen war, um die Zeit des Nach-Hause-Kommen-Müssens so weit wie möglich hinauszuschieben. Für den Montag hatte er einen Französisch-Kurs an der Volkshochschule belegt, dienstags besuchte er eine geologisch-mineralogische Arbeitsgruppe, mittwochs ging er ins städtische Hallenbad, der Donnerstag war einer literarisch-philosophischen Diskussionsrunde gewidmet und freitags verabredete er sich mit Freunden und Kollegen, die ebenfalls Singles waren, zu einem Umtrunk in der Stadt. Für jede einzelne dieser freien Abendstunden hatte er sich seiner Mutter gegenüber wortreich zu rechtfertigen versucht. Ganz vorsichtig, diplomatisch und vor allem liebevoll war er vorgegangen, um die einsame alte Dame nicht zu kränken oder vor den Kopf zu stoßen. Das Schlimmste war für Henri das rätselhafte Schweigen der Mutter gewesen. Und doch war er froh, dass sie nicht jammerte oder gar weinte.

In Wahrheit zog es ihn sofort nach Büroschluss nach Hause. Am liebsten hätte sich in sein Zimmer gesetzt, das sich im Laufe der Zeit nur wenig verändert hatte, die Bücher waren nicht mehr dieselben wie früher und statt der kleinen Cowboys, Trapper und Indianer standen überall aparte Kunstgegenstände herum, die aus dem Antiquitätenladen von Herrn Klein stammten. Er hätte liebend gerne ferngesehen und die Kochkünste seiner Mutter genossen, denn Henri war ein häuslicher Mensch. Doch wenn er sich mit anderen Männern seines Alters verglich, geriet er über den beachtlichen Unterschied in Sorge und zwang sich, die Abende außerhäusig zu verbringen, zumal ihm die bereits mehrfach erfolgte und immer mit gedehnter Artikulation und verständnisloser Miene hervorgebrachte Bemerkung „Wie, du wohnst noch bei deiner Mutter?" unangenehm im Gedächtnis haften geblieben war. So legte er großen Wert darauf, seinen Kollegen ausführlich von den interessanten Abenden zu berichten, die er regelmäßig *ohne* seine Mutter verbrachte.

Leider interessierte Henri die französische Sprache keine Spur, die Aussprache bereitete ihm größere Schwierigkeiten – und wo um Himmels Willen sollte er seine Kenntnisse anwenden, wenn er doch drei Wochen im Frühjahr und zwei Wochen im Herbst mit seiner Mutter zur Erholung in den Schwarzwald bzw. an die Nordsee fuhr. Die geologisch-mineralogische Arbeitsgruppe besuchte er deshalb, weil von Zeit zu Zeit Exkursionen mit Hammer und Meißel stattfanden. So ausgestattet fühlte sich Henri, dessen Körper nur wenig zu Muskelbildung neigte, wie ein Naturbursche, der er keinesfalls war. Aber das Gefühl, frei und ungebunden durch das Gelände zu streifen, zu hämmern und zu meißeln, hatte irgendwie etwas „Männliches" an sich – genau wie das Schwimmen im Hallenbad, wenn Henri mit kräftigen Armbewegungen das Wasser zerteilte und konsequent eine oder zwei Bahnen zurücklegte. Spätestens dann ließ ihn seine Kondition im Stich und den restlichen Abend verbrachte er erschöpft am Beckenrand oder schwamm leise plätschernd und spielerisch paddelnd im Kreis herum. Auch literarisch-philosophische Diskussionsrunden waren nicht nach Henris Geschmack. Da er schüchtern war, beteiligte er sich nie an den leidenschaftlichen Wortgefechten, er hörte zerstreut zu, wenn scharfsinnig Platons Symposion analysiert wurde oder hing seinen eigenen Gedanken nach. Der schlimmste Tag aber war der Freitag. Da Henri keine Freunde und Kollegen hatte, die ausgerechnet mit ihm zu einem fröhlichen Umtrunk hätten aufbrechen wollen, strich er ziellos durch die Stadt, wanderte durch die Kaufhäuser, trank einen Kaffee, manchmal sogar ein Bier und sah sich anschließend irgendeinen Film im Kino an, was er zu Hause bequemer und angenehmer hätte haben können.

Genau so angenehm könnte doch der bevorstehende Geburtstagskaffee verlaufen. Dennoch reizte und ärgerte ihn schon die bloße Vorstellung, dass er, Henri, die Kaffeetafel unter der Anleitung der Mutter eindecken, den Kaffee aufbrühen, die Gäste begrüßen und die Schwarzwälder Kirschtorte zerlegen sollte. Ganz besonders zuwider war ihm das Lob der beiden Tanten. Warum wurde sein Kaffee gelobt, wo er doch tagtäglich im Amt Entscheidungen von einer solchen Tragweite zu treffen hatte, die hundertmal mehr nach Lob und Anerkennung schrien? War er ein kleiner Bub, dem man wegen der kleinsten Kleinigkeit wohlwollend über den

Kopf streicheln und mit zärtlichem Stolz auf die Wange küssen musste? Henri war realistisch genug, um seinen Kaffeekochkünsten zu misstrauen. Selbst Teetrinker, fehlten ihm Erfahrung und Übung für die Zubereitung eines trinkbaren Kaffees. Bei den wenigen Malen, als er im Büro entsprechende Versuche unternommen hatte, war das Ergebnis nicht auf Gegenliebe gestoßen. Die Kollegen hatten Scherze darüber gemacht und lustige Bemerkungen wie „Aha, das soll also Kaffee sein" fallen lassen. Wenn die Tanten seinen Kaffee lobten, kam Henri sich wie ein Fünfjähriger vor, der mit Wasserfarben ein buntes Bildchen ungelenk auf sein Malpapier gepatzt hatte und von den Erwachsenen dafür über den grünen Klee gelobt wurde. Manchmal hatte er fast den Eindruck, alle Welt wollte sich über ihn lustig machen.

***

Henris Büro-Vormittag verlief ruhig mit telefonieren, Briefe diktieren und Schriftstücke unterschreiben. In der Mittagspause erledigte er mit Erfolg die Tortenbestell- und Geschenkangelegenheiten und genehmigte sich zur Belohnung ein Lachs-Sandwich in einem gediegenen Café (die Kantine mied Henri wie die Pest, da seine Mutter den ernährungsphysiologischen Wert der Gemeinschaftsverpflegung in Frage stellte). Nach einer unumgänglichen Team-Besprechung fand Henri am Nachmittag sogar ein wenig Zeit, die französischen Vokabeln der gestrigen Unterrichtsstunde zu wiederholen und den Grammatikteil nachzubereiten. Trotzdem ihm das Glas Rotwein, das er zum Lachs-Sandwich genossen hatte, eine wohlige Müdigkeit beschert hatte, lernte er akribisch, wenn auch ziemlich gelangweilt. Da Henri ein sehr gewissenhafter Zeitgenosse war, widmete er sich normalerweise gleich im Anschluss an die Französischstunde deren sorgfältiger Aufbereitung. Gestern Abend gegen einundzwanzig Uhr, zum Abendessen hatte ihm seine Mutter ein Filetsteak mit Herzoginkartoffeln und grünem Salat aufgetischt, hatte er sich aus dem wohl gefüllten Weinlager, das anzulegen und zu pflegen schon seit jeher in seinem Elternhaus Usus gewesen war, eine Flasche Weißwein ausgesucht und sich, nachdem er der alten Dame eine gute Nacht gewünscht und ihr – wie er es seinen Mitschülerinnen im Französischkurs abgeschaut hatte – auf beide Wangen einen angedeuteten Kuss hingehaucht hatte, in sein Zimmer zurückgezogen, hatte das französische Lehrbuch aufgeschlagen, die handschriftlichen Aufzeichnungen danebengelegt, seinen schönen schwarzen Füller geöffnet und nach einem hastigen Blick zur rechten Zimmerwand wie von ungefähr begonnen, ein paar Zeilen aufzuschreiben, die mit „Mann in den besten Jahren, nicht unvermögend, mit kultiviertem Hintergrund sucht …" ihren Anfang gefunden hatten. Nach einer Stunde war die Weinflasche geleert und eine beachtliche Auswahl an Entwürfen auf dem Schreibtisch versammelt gewesen. Er hatte die Papiere ordentlich zusammengelegt, in seiner Schreibtischschublade versenkt, den Schlüssel umgedreht und in seiner Brieftasche verstaut. Dann hatte er sich erschöpft auf sein Bett fallen lassen und war sofort eingeschlafen.

Das Wichtigste am Bienenstich ist nicht der feine Hefeteig, sondern der Belag mit den vielen knusprigen Mandelstiften oder -blättchen. Eigentlich nur dann, wenn der Belag mit Honig hergestellt wird, darf das fertige Backwerk „Bienenstich" heißen. Eigentlich! Obwohl ja heute, auch in den ersten Konditoreien der Stadt, hauptsächlich mit Zucker gearbeitet wird.

Über solche Dinge konnte Almut sich aufregen. Gerade wollte sie wieder davon anfangen. Beim Backen von Bienenstich kam sie noch jedes Mal darauf zurück. Almut liebte es überhaupt nicht, alleine in der Küche zu werkeln. Besonders beim Verarbeiten von Honig lechzte sie nach Gesellschaft. Wem hätte sie sonst ihr profundes Imkerwissen mitteilen sollen? Mehrmals im Jahr stand der „Honig- Bienenstich", den Almut im Laufe der Zeit immer weiter perfektioniert hatte, auf dem Programm. Auch „Feine Waffeln à la Imkerin", war ein Rezept, das sie selbst entwickelt hatte und auf das sie entsprechend stolz war. In der Vorweihnachtszeit fehlte es nie an selbstgebackenen, herrlich duftenden Honig-Lebkuchen und bei besonderen Gelegenheiten legte Almut ihren ganzen Ehrgeiz in die Herstellung von „Marzipan-Konfekt nach Sultans Art", für das neben Honig feinstes orientalisches Rosenwasser verwendet wurde.

Heute half Schwester Marga in der Küche. Der zarte Hefeteig lag bereits fingerdick ausgerollt auf dem gefetteten Backblech. Jetzt musste nur noch die Sahne mit der Butter erhitzt, der Honig und die gestiftelten Mandeln dazugegeben und alles leise geköchelt werden, bis die Sahne aufgesogen und die Masse glasig, aber nicht allzu gebräunt war.

Gerade als der frische goldene Honig dickflüssig in den Topf zu der Milch und der aufgelösten Butter floss, um mit den Mandeln verrührt zu werden, wollte sie mit ihrem immer gleichen Vortrag beginnen:

„Nur wenn der Belag von einer Biene gestochen wurde, also Honig enthält …"

„Sag mal", fiel ihr Marga so spontan ins Wort, als wäre ihr die Sache eben erst in den Sinn gekommen, „ist Henri eigentlich schwul?"

Die schreckliche Frage stand bedrohlich im Raum. Almut ließ die Schüssel beinahe fallen vor lauter Schreck. „Wieso schwul?", fragte sie so ganz nebenbei und bemühte sich, ihrer Stimme einen harmlosen Klang zu geben. Am liebsten wäre sie ihrer Schwester an die Gurgel gesprungen und hätte es laut herausgeschrien: „Wieso schwul? Wie kommst du darauf?"

Almut rührte in der Schüssel wie besessen. Die Mandelstiftchen müssen sich mit dem Honig vereinigen. Das ist gar nicht so einfach. Rühren, rühren, immer rühren!

„Na, sooo schlimm wäre das doch auch nicht!", winkte die Schwester ab. „Er wäre ja nicht der erste!"

Jetzt lachte sie ihr nikotinraues Hustenlachen.

„Zum Beispiel der Sohn von meiner Friseurin. Da hätte auch niemand gedacht …"

Dieses Mal war es Almut, die ihrer Schwester das Wort abschnitt: „Jetzt auf den Kuchen mit dem Belag und ab damit in den Backofen! 200 Grad, 25 Minuten."

Noch am Vormittag hatte sich Henri halb amüsiert, halb verlegen an die Episode mit der Bekanntschaftsanzeige erinnert und sie als „Schnapsidee" und „weinselige Laune" abgetan. Nun, unter dem entspannenden Einfluss seines Mittagspausen-Rotweins, dachte er plötzlich ganz anders über die Sache. Warum eigentlich nicht? Henri beschloss, nach Feierabend kurz zu Hause vorbeizuschauen, die Entwürfe aus seinem Schreibtisch zu nehmen, sie in einem ruhigen Café noch einmal zu überfliegen und den besten Text als Zeitungsannonce aufzugeben. Anschließend würde er die geologisch-mineralogische Arbeitsgruppe aufsuchen, wo heute ein Vortrag über Petrographie auf dem Programm stand. Es lag kein Risiko in der Sache; er brauchte auf keines der Antwortschreiben zu reagieren.

***

Als Henri gegen siebzehn Uhr vor dem Haus der Mutter stand, sagte ihm sein Gefühl, dass er vorher hätte anrufen sollen. Da die alte Dame vor einundzwanzig Uhr nicht mit ihm rechnete, würde sie eventuell über sein unerwartetes Nachhausekommen erschrecken und auf den Gedanken verfallen, er könnte krank oder Ähnliches sein. Henri beschloss also, sich leise zu verhalten, vielleicht würde es gelingen, sich in sein Zimmer hinein- und anschließend wieder aus dem Haus hinauszuschleichen, ohne bemerkt zu werden. Tatsächlich kam er ungesehen an Wohnzimmer und Küche im Erdgeschoss vorbei, schlich wie ein Dieb die Treppe in das zweite Stockwerk, wo sich die Schlafzimmer befanden, hinauf, schlüpfte in sein Zimmer hinein und zog die Tür hinter sich ins Schloss. Da stand er mit schlechtem Gewissen und klopfendem Herzen, legte sein Ohr an die Tür und horchte. Das Herumgeschleiche im eigenen Haus kam ihm etwas albern vor, er wunderte sich selbst über sein sonderbares Verhalten, hätte er nicht unten im Hausflur lieber: „Hallo, Mama, nicht erschrecken, ich bin's!" rufen sollen? Wenn sie ihn jetzt entdeckte, würde ihr Schreck vielleicht sogar noch größer sein. Erst als sein Herz wieder regelmäßig schlug, erinnerte er sich daran, warum er hier war. Er entnahm also seiner Brieftasche den Schreibtischschlüssel, steckte ihn ins Schloss und zog vorsichtig die Schublade auf.

Seine Entwürfe waren nicht mehr da!

In der Woche vor Almuts Geburtstag passierten Henri Dinge, die ihn völlig aus der Bahn warfen. Und alle passierten am selben Tag.

Am Freitag um 11.55 Uhr klingelte das Telefon. Henri hatte die Uhrzeit genau im Kopf, da er sich stets kurz vor 12 Uhr für die Mittagspause fertig machte.
„Natürlich!", dachte er ärgerlich und war nahe daran, das Klingeln zu ignorieren und das Büro verlassen, als hätte er nichts gehört. Sein Pflichtbewusstsein war stärker.
Er unterdrückte seine Gereiztheit und meldete sich mit sachlichem Ton, indem er zuerst den Namen der Behörde nannte, dann seine Abteilung und schließlich seinen eigenen Namen.
Eine kurze Pause entstand, dann hörte er die Stimme einer Frau, die „Hallo" sagte.
„Hallo", antwortet Henri etwas perplex.
Auf der vergeblichen Suche nach einer leisen Erinnerung lauschte er der fremden Stimme nach und war schon halb beruhigt. Jemand hatte sich verwählt, in fünf Sekunden würde das Missverständnis aufgeklärt sein und er konnte in die Mittagspause entschwinden und sich einen Eistee und ein Sandwich in einem kleinen Stehcafé in der Schwetzingerstadt genehmigen. Er griff bereits nach seiner Brieftasche, die er in der Schreibtischschublade aufbewahrte, als die Dame erneut „Hallo" sagte.
„Ja! Wer …?" Jetzt war er vollends verwirrt.
„Ist es Ihnen unangenehm, dass ich Sie an Ihrem Arbeitsplatz anrufe?", fragte die Dame besorgt.

„Ich dachte, ein Anruf sei in Ordnung, weil Sie Ihre Telefonnummer dazugeschrieben haben."
„Meine Nummer? Ich verstehe nicht ..."
Die Frauenstimme wurde von einer ganz leichten, ganz zarten Ungeduld erfasst. Henri konnte es durch den Hörer hindurch wahrnehmen.
„Ihre Bekanntschaftsanzeige", sagte die Stimme langsam, als spräche sie mit einem Begriffsstutzigen.
„Sie haben bei Ihrer Bekanntschaftsanzeige außer einem Chiffre auch diese Telefonnummer dazugeschrieben!"
Henri verfärbte sich zartrot wie ein Lachsfilet. Die Gedanken sprangen in seinem Gehirn herum wie junge Ziegenböcklein, die sich vor Wildheit nicht bändigen lassen.
„Es handelt sich hier um ein Missverständnis", Henri braucht einige Sekunden, bis er mühsam wieder sprechen konnte. „Es tut mir leid, dass Sie umsonst angerufen haben!"
Noch nie zuvor hatte Henris Herz so stark geklopft. Er fühlte sich verwirrt und wie vor den Kopf geschlagen und völlig unfähig, das Büro zu verlassen und seine Mittagspause anzutreten. Er wühlte in seiner Schreibtischschublade und fand dort ein aufgerissenes Paket mit bunten Gummibärchen, in das er gedankenlos hineingriff und ein Bärchen nach dem anderen in seinem Mund verschwinden ließ.

Ich sitze in meiner kleinen Wohnung in der Mannheimer Fressgasse und ärgere mich grün. Seit Tagen ist es widerlich schwül und der Fischgestank von gegenüber beleidigt meine feine Nase.
Auch von der Dame, die letzte Woche bei mir war, habe ich mich beleidigt gefühlt. „Meine Schwester sucht eine neue Haushaltshilfe", hatte sie bei ihrem Besuch freundlich bemerkt, „ich hatte dabei an Sie gedacht. Gepflegter Villenhaushalt in Feudenheim, großer Garten, ein bisschen putzen, aufräumen, eventuell beim Kochen und anderen anfallenden Arbeiten helfen!"
„Putzen, kochen, anfallende Arbeiten?", hatte ich entrüstet geschnaubt. „Ich bin Privatdetektivin und ..."
„Privatdetektivin ist keine geschützte Berufsbezeichnung, auf die man stolz sein könnte. Haben Sie eine Ausbildung gemacht, eine Prüfung abgelegt? Sind Sie im Besitz eines Zeugnisses oder wenigstens einer Eignungsbescheinigung? Jeder kann sich Privatdetektiv nennen und so ein Schild an der Wohnungstür anbringen. Aber trotzdem kommen Sie nicht über die Runden! So ist es doch, nicht wahr?"
„Ich wüsste nicht, dass Sie das etwas anginge!"
Ich war so abrupt aufgestanden, dass der Stuhl nach hinten umgekippt war und hatte gekränkt durch das Fenster auf die Straße hinunter geschaut. Dass die Leute bei diesem Wetter überhaupt Fisch kauften!
„Hören Sie sich meinen Vorschlag in Ruhe an und entscheiden Sie dann!"
Der Vorschlag bestand darin, dass ich dreimal pro Woche am Vormittag von acht bis zwölf bei dieser Feudenheimer Witwe im Haushalt aushelfen sollte. Bei Eignung eventuell zusätzlich im Garten.

„Ich vermittle Sie an meine Schwester, Sie machen dort nach Anweisung, was so alles in einem Haushalt anfällt, meine Schwester zahlt gut!"
„Und warum sollte ich das tun?"
„Zum Beispiel, weil Sie das Geld brauchen!"
An dieser Stelle hatte ich erneut begonnen, mich zu empören: „Verwechseln Sie mein Büro mit einer Jobvermittlung?"
„Den eigentlichen Vertrag machen Sie allerdings mit mir", sagte die Dame, ohne meinen Einwand zu beachten.
„Sie werden *eine* Arbeit verrichten und dafür von *zwei* Seiten Bezahlung erhalten!"
Endlich hatte ich mich wieder gesetzt und voller Schrecken an die Nebenkostenabrechnung gedacht, die wieder einmal zu meinen Ungunsten ausgefallen war. Geld war an und für sich schon eine Sache, für die sich ein bisschen Zuhören lohnte. Oder hatte ich etwa eine Verrückte vor mir?
Aber es hatte nichts weiter zum Zuhören gegeben. Die Dame hatte ihre Zigarette ausgedrückt, sich erhoben, ihre Handtasche geöffnet und mir einen Umschlag in die Hand geschoben.
„Übermorgen um 8 Uhr bei meiner Schwester. Die Anschrift befindet sich im Umschlag. Ich arrangiere alles und hoffe, dass Sie ihr gefallen. Allzu hohe Ansprüche stellt sie allerdings nicht, also nur Mut. Kein Wort von meinem Besuch in Ihrem Büro, nichts von Ihrem Beruf."
Das Wort „Beruf" hatte sie auf impertinente Weise betont und dabei spöttisch gelächelt.

„Sie sind die arbeitslose Tochter einer weitläufigen Bekannten, ich verwende mich für Sie. Nennen Sie sich Petra Schmidt, das ist unverfänglich und weit weniger lächerlich als *Karla Kunstwadl*."
„Bayrisch", hatte ich richtig gestellt, „nicht lächerlich!"

„So oder so", war meine Besucherin ungerührt fortgefahren. „Geben Sie ihr eine Handynummer. Melden Sie sich am Handy nur mit *Hallo*. Das ist alles. Halten Sie Augen und Ohren offen. Was ich zusätzlich von Ihnen erwarte, werden Sie demnächst erfahren. Guten Abend, meine Liebe!"

Lächelnd hatte sie mein Büro verlassen. Und ich hatte gebetet, dass sich der Fischgeruch für alle Zeiten in ihrer mondänen Bluse festkrallen sollte. Wütend hatte ich gegen den Aktenschrank getreten und mit der Faust auf den Schreibtisch gehauen.
„Unverschämtheit! Was denkt die, wer ich bin?"

Ich hasse es, wenn man mich nicht ernst nimmt. ALLES kann man nicht für Geld kaufen. Die wird sich noch wundern, diese Dame!

Zwei Tage später stand ich vor der prächtigen Eingangstür der Feudenheimer Villa. Nach zwanzig Minuten hatte ich dank meines Charmes einen gut bezahlten Job und erklärte mich zu allem Möglichen bereit, was zu tun ich im normalen Leben hasse, insbesondere bügeln.

In dem Umschlag hatte ich 1.000 Euro gefunden.

Am Samstag darauf half ich gegen einen Schein beim Honigschleudern aus. Welch extravagante Hobbys pflegen diese reichen Tanten!

Zwei Tage später fragte mich Almut, so heißt die Schwester meiner Klientin, ob ich verheiratet sei oder einen Freund habe. Da ich derzeit allein stehender, lediger Single bin, also „abends ja ohnehin niemand auf Sie wartet" (so die Logik dieser Dame), hatte ich kurz darauf einen zusätzlichen Job als Putzfrau in einem Verwaltungsgebäude auf dem Buckel. Mit nur zwei Telefongesprächen, die im Nebenraum geführt wurden und von denen ich trotz angestrengtem Lauschen nichts mitbekam, brachte Almut dies auf undurchsichtigen Wegen blitzschnell zustande. Zuerst hatte sie mir ein Glas Prosecco und bald darauf das DU angeboten. Da Sekt im geöffneten Zustand recht schnell seine moussierenden Eigenschaften verliert, tranken wir die dunkelgrüne Flasche lieber gleich ganz aus. Mit der zweiten verfuhren wir ebenso. Danach bat mich Almut in aller Freundschaft, ihren Sohn Henri zu bespitzeln. „Ich habe den Verdacht, dass er homosexuell ist und will einfach nur Gewissheit haben. Als Mutter steht mir das zu. Die Leute reden schon."

Da es mein Schaden nicht sein sollte und sie mich überdies für die Unannehmlichkeiten, die die Bespitzelei mit sich bringen würden, großzügig zu entschädigen versprach, warf ich sämtliche moralischen Bedenken über Bord. Allzu sorgfältiges Putzen an Henris Arbeitsplatz unterließ ich freilich ebenso wie entsprechende Überanstrengungen in der noblen Feudenheimer Villa.

Stattdessen gab ich mich meiner eigentlichen Berufung und Lieblingsbeschäftigung hin: Ich ermittelte, spionierte, stöberte und wühlte mit Leidenschaft in Schubläden und Schränken.

Als ich Henris Anzeigenentwurf aufspürte und daraus schloss, dass Almut ihren Sohn zu Unrecht verdächtigte, sprach ich mit ihr kein einziges Wort über diese Erkenntnis. Sie wäre beruhigt gewesen und hätte mich meiner zusätzlichen Geldquelle beraubt. Ich aber hatte Blut geleckt und wollte mehr. Außerdem begann mir dieses Spiel Spaß zu machen.

Als Henri mich am Telefon abblitzen ließ, legte ich verärgert, aber nicht mutlos den Hörer auf. Ich bin eine Erdkröte: langsames Heranschleichen, unmerkliches Fixieren, gemächliches Zuschnappen entsprechen meinem Wesen mehr als schnelles Beuteschlagen.

An späten Nachmittagen, wenn Henri sich im Büro oder bei einer seiner täglichen Unternehmungen befand und keine Haushaltshilfe zugegen war, gönnte sich Almut ein erquickendes Nickerchen in ihrem geräumigen Doppelbett. Zu dem Nickerchen wurde stets Herr Klein gebeten, seines Zeichens selbstständiger Antiquitätenhändler, ein Herr, der über Tagesfreizeit verfügte und seine Arbeitsenergie frei einteilen konnte. Als Almuts Ehemann noch am Leben war, waren diese gemeinsamen Unternehmungen leider nur selten möglich gewesen. Dafür waren sie immer von jener prickelnden Atmosphäre begleitet, die Heimlichkeiten im Allgemeinen mit sich bringen und die Almut an Champagner-Genuss erinnerten. Nun, da der Reiz des Verbotenen nachgelassen hatte (Henri würde mit Sicherheit nicht urplötzlich vor der Schlafzimmertüre stehen wie es vom Gatten zu befürchten gewesen war), hatte sich der Champagner für Almut in billigen, noch dazu abgestandenen Sekt verwandelt. Da sie an Kunst und Antiquitäten interessiert und trotz ihres Reichtums immer auf der Suche nach einem Schnäppchen war, wollte sie die Bekanntschaft eines gutaussehenden, deutlich jüngeren Antiquitätenhändlers jedoch nicht missen. Was sie störte, war das dauernde Gemeckere dieses chronisch unzufriedenen Mannes, der sie zu Reisen nach Südfrankreich zu überreden versuchte, zu Besuchen von Antiquitätenmessen, Ausstellungen und Vorträgen.

„Ich will mehr Zeit mit dir verbringen, Liebes!", pflegte er bei ihren regelmäßigen Zusammenkünften in ihr zierliches Öhrchen mit dem Perlenstecker zu wispern.

„Ich will mit dir verreisen und dir die Schönheiten der Provence zeigen. Ein exklusives Dîner unter Platanen. Träumst du nicht auch davon?"

„Nein", dachte Almut dann leicht gereizt und nickte ihm vage zu. Als ihr Mann, leider ein äußerst gewöhnlicher Mensch, noch da war, hatte sie die Gespräche mit einem kultivierten Gegenüber wie Herrn Klein genossen. Mittlerweile war sein Gerede ihr lästig. Er sprach von Henri wie von einem Störenfried. Er nannte ihn ein verzogenes Muttersöhnchen und beleidigte damit gleichzeitig sie und ihn.

„Mein Gott, so lass doch den armen Jungen in Ruhe. Er hängt eben an seiner Mutter", sagte Almut nicht ohne Stolz.

„Henri, Henri, immer höre ich nur Henri", empörte sich Herr Klein zuweilen. „Der *arme Junge* ist 36 Jahre alt, nicht zehn!"

Meistens blieb es bei einer Empörung, bei beleidigtem Schmollen, Vorwürfen, Schweigen und anschließendem Versöhnen bei einem Glas Champagner.

Wenn seine immer gleichen Vorhaltungen Almut auch zu Tode langweilten – ihr Verlangen nach dem schönen, feingliedrigen Körper des Antiquitätenhändlers wurde davon durchaus nicht nachhaltig geschmälert.

Vor ein paar Wochen jedoch, als die Nerven von Herrn Klein aus unerfindlichen Gründen blanker lagen als sonst, hatte er sich heftiger erregt und sich sogar hinreißen lassen, laut zu werden: „Warum hast du es dann überhaupt getan, wenn nicht für uns beide?"

Dieser Satz gellte aus dem Schlafzimmerfenster heraus und Renate entgegen, die gerade im Vorgarten stand und auf den Klingelknopf drücken wollte. Er bewirkte, dass diese stocksteif stehen blieb und völlig aufgewühlt den Rückzug antrat.

Bei Almut dagegen löste die Unterstellung heftige Entrüstung aus. Sie war ernsthaft eingeschnappt, fassungslos und verwirrt.

„Ich dachte, **du** hättest ...", brachte sie tonlos hervor.

Bestürzt sahen sie sich in die Augen; ab sofort begannen sie, sich so misstrauisch und verzweifelt zu belauern, wie es nur Menschen tun, die sich gegenseitig für den drohenden Verlust ihrer Liebe verantwortlich machen und doch nicht voneinander lassen können.

***

Auch Henri hatte in letzter Zeit Ungewöhnliches vernommen. Als er erstaunt über das Verschwinden seiner Anzeigen-Entwürfe das Haus ebenso schleichend wieder verlassen wollte wie er es betreten hatte und sich auf Zehenspitzen durch den Flur am Zimmer seiner Mutter vorbeistahl, war ihm eine Art Keuchen oder geräuschvolles Atmen aufgefallen. Mit dem schlechten Gewissen eines Diebes beeilte er sich, die sonderbaren Geräusche als lautes Schnarchen zu interpretieren und machte, dass er davonkam ...

Der einzige Raum in meiner kleinen Wohnung, in den ein fischiger Geruch zur Not hingepasst hätte, ist die Küche. Die Küche liegt auf der Rückseite des Hauses mit Blick auf den düsteren Hinterhof und riecht nie nach Fisch. Die Geruchsschwaden bleiben hartnäckig in den beiden vorderen Räumen hängen, dringen dort sogar durch die Türen geschlossener Kleiderschränke. Die Hälfte des Flures wird durchwabert, dann ist eine unsichtbare Schranke erreicht. Die Küche wird vom Speisengeruch gemieden wie der Teufel. Und nur der weiß warum.

Deshalb steht der Wäschetrockner in der Küche. Deshalb hängen Kleiderbügel mit Blusen und Jacken an den Griffen der Küchenschränke. Alles, was geruchsneutral bleiben soll, wird in die Küche verfrachtet. Gekocht darf hier nicht werden. Ein Witz!

Aber der allergrößte Witz ist dieser groteske Auftrag. Was habe ich in dem Feudenheimer Villenhaushalt verloren? Warum setze ich mich dem Zorn kleiner geflügelter Ungeheuer aus?

Die elegante Dame Renate spricht in Rätseln und steckt mir 1.000 Euro zu. Eine ebenso elegante Mutter und Imkerin kennt keine größere Sorge, als dass ihr Söhnchen homosexuell sein könnte und zahlt bares Geld, um von dieser Sorge befreit zu werden. Eine Witzfigur namens Karla Kunstwadl wird benutzt und bezahlt. Man hält es nicht für nötig, ihr gegenüber auch nur ein Wort zu viel zu verlieren.

Aber diese lächerliche Gestalt Karla Kunstwadl wird den beiden überspannten Frauenzimmern einen Strich durch die Rechnung machen.

„Jede ist ihres Glückes Schmiedin", sage ich laut in meine nach fischigem Fritierfett duftende Wohnung hinein. „Ich werde mir das Söhnchen Henri schnappen."

***

Henri hatte den ganzen Nachmittag an der mysteriösen Hallo-Dame zu knabbern. Außerdem meldete sich der Hunger zu Wort. Regelmäßige Mahlzeiten gehörten zu seinen festen Gewohnheiten. Gummibärchen kaufte er ohne Wissen seiner Mutter und gegen seine innere Stimme. Sein verstorbener Vater hatte fast ausschließlich solche Dinge zu seinen Leibspeisen erkoren, die seiner Mutter ein Graus und Gegenstand häuslichen Unfriedens gewesen waren. Henri hatte sich frühzeitig dem mütterlichen Geschmack untergeordnet, um ihre Zuneigung nicht aufs Spiel zu setzen.

Ohne den genauen Grund zu kennen, schaute Henri heute häufiger als sonst auf die Uhr. Er hatte einen langweiligen Abend vor sich, sehnte den Feierabend jedoch heftig herbei. Fahrig sprach er mit seinen Kollegen, die ständig mit allerlei Fragen zur Tür hereinschneiten und seinen Gedankenfluss unterbrachen. Unkonzentriert fertigte er Anrufer ab, ohne um ihr Anliegen ehrlich und ernsthaft Sorge zu tragen, wie es an normalen Tagen seiner Art entsprach.

Tief in seinem Inneren war sich Henri seiner selbst völlig sicher. Er wusste genau, dass er diese Bekanntschaftsanzeige nicht wirklich aufgegeben hatte. Da er jedoch daran gewöhnt war, bei kleinstem Druck von außen seine Sicherheit zu verlieren und umzufallen, geriet er in sinnloses Grübeln und kramte nach Beweisen zu seinem Gunsten. Er zog den Wein in Erwägung und musste sich eingestehen, dass sein Gedächtnis nicht lückenlos funktionierte. Es fehlte eine unbestimmte Zeitspanne zwischen dem Fertigstellen seines Entwurfs und dem Einschlafen. Die Überzeugung, seine Schreibunterlagen in die Schublade versenkt zu haben, entsprang eher dem Vertrauen in seine Gewohnheiten als seinem Erinnerungsvermögen. Und doch hatte der Weingenuss ihm am nächsten Morgen keine übermäßige Müdigkeit beschert. Er war unbeschädigt erwacht und Herr über seine Handlungen gewesen. Nie wäre er auf den Gedanken gekommen, die beschriebenen Blätter mit ins Büro zu schleppen, da er ja zu keiner Zeit ernsthaft daran gedacht hatte, die Anzeige tatsächlich aufzugeben. Aber war er nicht am Abend während des Formulierens und des Suchens nach passenden Worten, nach der richtigen Färbung und Gewichtung seiner Sätze, ziemlich überzeugt davon gewesen, das Richtige zu tun? Denn aus Spaß hatte er seine Zeit gewiss nicht mit dergleichen Dingen verplempert.

Henri begann, sich ein allzu sorgloses Vorgehen bei der Auswahl des Weines vorzuwerfen. Gewisse Weißweine, nämlich genau die, die sein Vater vorgezogen hatte und die seine Mutter würzig und samten nannte, hatten die Eigenheit, schnell zu Kopf zu steigen. Henri zog zwar die sanfte Variante den sehr trockenen, fast adstringierenden Weinen vor, die seine Mutter empfahl; trank mit ihr zusammen jedoch stets solche Weine, mit denen sie früher den Vater von „kultivierten Personen mit gutem Geschmack" eindeutig abgegrenzt hatte.

Wie so oft brachte es Henri auch heute zustande, sich mit Hilfe seines eigenen Kopfkinos in die Enge zu treiben. Sein Verstand kämpfte einen aussichtslosen Kampf. Gegen sechzehn Uhr war er so weit, die Schuld an den Verwirrungen bei seiner eigenen Person zu suchen und samtene Weißweine ohne Ausnahme zu verfluchen. Die Möglichkeit, seine Entwürfe in die Aktentasche statt in die Schublade gesteckt zu haben, wurde nicht mehr von der Hand gewiesen. Das scheinbar unlösbare Rätsel, wie sein Text in die Zeitung gekommen sein könnte, löste er mit Bravour, in dem er wilde Verdächtigungen in Richtung seiner Kollegen und Kolleginnen ins Spiel brachte.

***

Als kurz nach sechzehn Uhr eine burschikos gekleidete Frau ohne anzuklopfen in Henris Büro trat, sich als Putzfrau vorstellte und maulend ihrem Ärger über seine ungerechten Beschwerden wegen nicht geleerter Abfallbehälter Ausdruck gab, war Henri bereits so verunsichert, dass er vor schlechtem Gewissen dunkelrot wurde wie ein Thunfischsteak und sich sofort heftig zu entschuldigen begann.

Die Frau zeigte sich unversöhnlich: „Ein solches Gerede kann mich meinen Job kosten", erklärte sie ihm beleidigt.

So sehr sich Henri auch wand und sich herauszureden versuchte und ihr zu verstehen gab, dass er das Ganze gar nicht so gemeint habe – die Dame schien keineswegs verhandlungsbereit zu sein.

„Ja, IHNEN macht das natürlich nichts aus, wenn jemand wie ich auf der Straße sitzt. SIE in Ihrem reizenden Büro haben überhaupt keine Ahnung, wie das ist."

Dabei betrachtete sie die an die Wand gepinnte Marylin Monroe und fuhr fort: „WIR sind doch hier nur Menschen zweiter Klasse. Haben Sie UNS als Menschen überhaupt schon einmal wahrgenommen? Sie laufen an UNSEREINS wortlos vorbei. Wir Putzfrauen gehören für Leute wie Sie zum Inventar. Dienstbare Geister sind wir, die den Damen und Herren ihren Dreck hinterherräumen. Wenn man EINMAL vergisst, den Papierkorb zu leeren, rennen Sie sofort los und beschweren sich!"

Die Geschichte tat Henri unendlich leid! Er stand auf, ging um den Schreibtisch herum und redete beschwichtigend auf die Frau ein. Doch, doch! Er habe sie bereits mehrmals auf dem Flur zur Kenntnis genommen. ER gehöre zu der Personengruppe, die auch Putzfrauen einen guten Tag und einen angenehmen Feierabend wünschten.

Die Frau gefiel ihm. Er wollte sie auf keinen Fall verärgert wissen. Sie hatte etwas Bodenständiges an sich, eine kompakte weibliche Figur, schulterlange dunkelbraune Haare und einen sehr direkten Blick, der Henri gleichzeitig anzog und einschüchterte. Er schätzte sie auf Anfang vierzig, eventuell etwas älter. Wenn er sie ansah, dachte er an ungezwungene Umgangsformen, an unkomplizierte zwischenmenschliche Beziehungen. Er assoziierte mit Bier, aus der Flasche getrunken, und sonderbarerweise mit Fischstäbchen, die seine Mutter schon immer verabscheut und ihm nur ein einziges Mal mit Widerwillen zubereitet hatte, als er sich im Alter von 7 Jahren den Arm gebrochen und nach dem Arztbesuch mit quengelnder Stimme nach Fischstäbchen verlangt hatte.

Die Frau sah ihm herausfordernd ins Gesicht: „Wenigstens könnten Sie mich als kleine Entschädigung zu einem Bier einladen!" Und als Henri ihr eilfertig und beflissen seine Zustimmung zu diesem Vorschlag hinnickte und beglückt über den fast schon versöhnlichen Ausgang seine Siebensachen zusammenraffte, sah er ein kleines Lächeln auf ihren Lippen und es schien ihm, als hätte er sich noch nie zuvor so beschwingt gefühlt.

***

Karla schlug ein Bierlokal in den Mannheimer Innenstadt-Quadraten vor, welches Henri gleich beim Eintreten als ziemlich rustikal, wenn nicht gar kneipenartig einstufte. Es war laut und rauchgeschwängert. Zigarettenqualm war eine Sache, die Henri nicht vertragen konnte. Wieso wurde hier eigentlich geraucht? Mit Genugtuung hatte Henri das Landesnichtraucherschutzgesetz zur Kenntnis genommen. Zwischen zwei Hustern erwachte der Beamte in ihm: Nach § 1 Abs. 1 Gaststättengesetz gilt das Gesetz zum Schutz der Gefahren des Passivrauchens in Baden-Württemberg für alle Einrichtungen, die Getränke oder zubereitete Speisen zum Verzehr an Ort und Stelle anbieten, wenn der Betrieb jedermann oder bestimmten Personenkreisen zugänglich ist. Und das hier war eindeutig eine Kneipe und kein Bierzelt, das nach Absatz 3 Satz 2 von dieser Regelung ausgenommen war. Diesen Wirt müsste man anzeigen. Raucher haben gefälligst draußen zu bleiben.

Henri empörte sich.

Aber Karla hatte bereits einen Tisch im hinteren Teil des Lokals gefunden, direkt neben den übelriechenden Toiletten, etwas abgeschirmt von den übrigen Gästen. Sie zog den Widerstrebenden an der Hand hinter sich her. Und als er dann endlich saß, fühlte er sich trotz der ungewohnten Umgebung und den laut schnatternden Menschen, die ihm normalerweise einen Schauer über den Rücken gejagt hätten, seltsam leicht und entspannt.

„Es ist Ihnen nicht fein genug, stimmt's?", fragte seine Begleiterin provozierend. „Sie sind kultivierte Restaurants mit gesitteten Gästen gewohnt!"

Dass sie sich selbst äußerst unwohl fühlte, überspielte sie locker, indem sie ihn angriff. Henri, der eine deutliche Aggression in ihrer Stimme spürte, beeilte sich, das Gegenteil zu behaupten: „Nein, nein, das ist völlig in Ordnung. Es sieht doch nett aus!"

Es schien hier nicht üblich zu sein, dass eine Servierin an den Tisch kam, um die Gäste nach ihren Wünschen zu fragen. Vom Tresen her erkundigte sich die dicke Bedienung, was sie zu trinken bringen sollte. Sie musste quer durch den Raum und überdies sehr laut schreien, um die stampfende Musik und das allgemeine Gejohle zu übertönen. Obwohl sie die Hand wie ein Hörrohr an ihr rechtes Ohr hielt, kam Henris Bestellung trotz dreimaligem Versuch nicht bei ihr an. Schließlich stand er auf und ging zu ihr hinüber, um die zwei Biere zu bestellen.

„Große oder klääne?", fragte sie gleichgültig.

Da es heiß war und er die Gefahr einer erneuten Bestellung umgehen wollte, entschied sich Henri für große Gläser. Die Befürchtung, dass seine Begleiterin über die tropfenden Riesenhumpen, die die Bedienung nach ziemlich langer Zeit auf den schmutzigen Tisch stampfte, pikiert sein könnte, erwies sich als unbegründet. Karla sagte „Prost!" und knallte mit ihrem Glas so kräftig gegen das von Henri, dass er laut klirrende Folgen und einen noch klebrigeren Tisch erwartete. Nichts von alledem geschah.

Als Musik wurden deutsche Schlager mit viel Humbaba angeboten, was Henri peinlich berührte. Um den Texten nicht lauschen zu müssen, bemühte er sich um Gespräche mit seinem Gegenüber, hatte jedoch keine Ahnung, worüber man mit einer Putzfrau reden könnte. Außerdem war die Frau sehr einsilbig, sie saß einfach nur da und lächelte ihn spöttisch an.

Nach dem zweiten Bier wurde sie gesprächiger und nach dem dritten bogen sie sich beide vor Lachen und trugen bereits einiges zu dem sich vergrößernden Lärmpegel bei. Henri hatte schon lange nicht mehr so gelacht, entzückt lauschte er ihren schreienden Erzählungen und wünschte, sie würde nie mehr damit aufhören. Angelockt durch die entfesselten Gespräche, deren Lautstärke sich dem ohrenbetäubenden Stimmengewirr rings umher immer perfekter anpasste, aber vor allem durch die offensichtlich gute Laune der beiden unbekannten Figuren, setzten sich selbst solche Stammgäste, die Neuzugängen und Eindringlingen sonst gleichgültig gegenüberstanden und diese in ihren heiligen Hallen lediglich gnädig duldeten, an den Tisch dieser beiden schillernden Figuren, um wild gestikulierend mitzudiskutieren.

Freilich wusste Henri nicht genau, um was es bei diesen sonderbaren Gesprächen eigentlich ging. Er hatte nur Augen für die Putzfrau, die ihm zunehmend besser gefiel. Dreimal grübelte er kurz darüber nach, warum sie eigentlich hier mit ihm saß und mittlerweile ihr viertes großes Bier trank, statt im Büro nach dem Rechten zu sehen, wie es eigentlich ihre Pflicht gewesen wäre. Dreimal wollte er den Gedanken aussprechen, dreimal entglitt er ihm und wurde von einer weichen Nebelwand verschluckt, so dass nur noch ein vages „Da-war-doch-irgendetwas-Gefühl" davon übrigblieb.

Bald fühlte Henri, wie sich das Vakuum in seinem Magen trotz des nahrhaften Getränkes weiter ausdehnte. „Ich sterbe vor Hunger", vertraute er der ausgelassenen Runde an. Und diese nahm sich seiner artig und hilfsbereit an, erkundigte sich mit Nachdruck bei der dicken Bedienung, ob Haus und Keller Abhilfe schaffen könnten: „Sunschd fällt uns der junge Mann noch vom Fleesch!"

Die Dame hinter der Theke schien wenig begeistert. „Ä Worschd", könnte sie ihm anbieten, „mit Senf und Brot".

Der Wortführer, ein korpulenter Herr mit roten Backen, holte schließlich „die Worschd" höchstpersönlich an der Theke ab und stellte Henri triumphierend den Teller vor die Nase. Sogar *zwei* Scheiben Brot hatte er der Bedienung abschwatzen können. Henri aß unter wohlwollender Anteilnahme seiner neuen Freunde, die jeden seiner Bissen aufmunternd und interessiert mit den Augen verfolgten, bis dieser im Mund verschwunden war. Zwischendurch schoben sie ihm umsichtig das Bierglas näher hin, damit er das Nachspülen nicht vergaß. „Do rudschd die Worschd besser nunner!", wurde er belehrt. Und wenn Henri den Humpen brav an den Mund setzte, schlug man ihm kameradschaftlich auf die Schulter, so dass Glas und Zähne mit einem bedrohlichen Geräusch aneinandergerieten. Man meinte es gut mit ihm.

Ich ärgere mich, dass ich in der Nacht vergessen hatte, das Fenster zu schließen. Mittlerweile ist es 10 Uhr vormittags und die ganze Bude stinkt nach gebackenem Fisch. „Kieler-Sprotten-Semmel", murmle ich verächtlich und spüre, wie mein Magen aufbegehrt.

Alkaselzer – „Du wunderbare Erfindung der Menschheit!" – in einem großen Glas Mineralwasser auflösen und runter mit der Brühe! Duschen – „Kalt, kalt, sonst nützt es nichts!" – den Körper mit einer Latschenkiefereinreibung aufmuntern. Ein großes Badetuch aus der geruchsfreien Küche holen, damit der Magen nicht zusätzlich durch die mit Fischfrikadellengestank behafteten Kleider erschüttert wird, die neben dem Bett auf dem Boden liegen. Das Tuch Tunika-artig um den Körper schlingen – und dann nichts wie ran ans Handy.

Almut meldet sich sofort und völlig atemlos, wie erwartet.

„Auftrag ausgeführt!", schnarre ich in den Hörer hinein. Almut erkennt mich nicht und versteht mich nicht. „Hier ist Petra Schmidt, Ihre Haushaltshilfe. Sie hatten mich mit einer „geheimen Mission" beauftragt. Der Auftrag ist ausgeführt!"

Ich bin völlig hektisch, laut und total aufgedreht. Es macht mir Spaß, die aufgeregte Frau zu verunsichern. Restalkohol im Blut bringt mich in manische Schwingungen. Ich gefalle mir in meiner Gemeinheit. Einmal am längeren Hebel sitzen! Selten genug kommt es ja vor.

„Henri ist *nicht* schwul."
Ich lache derb und denke nicht an die Folgen meines rüpelhaften Benehmens.
Almut schweigt lange. Ich warte und schaue dabei einer Fliege zu. Sie krabbelt senkrecht die Wand nach oben, verharrt sekundenlang, fliegt ziellos im engen Flur herum und landet wieder an derselben Stelle, krabbelt senkrecht nach oben, verharrt ...
„Wo ist er?", fragt Almut leise. „Geht es ihm gut?"
Mich reitet ein böser kleiner Teufel.
„Er liegt nebenan. In meinem Schlafzimmer. Genau gesagt, in meinem Bett. Es geht ihm blendend."
„So hatte ich das nicht gemeint", sagt die leise Stimme.
Ich höre ein halbersticktes Geräusch und stelle mir Almuts Gesicht vor.
„Ich hatte von kleineren Beobachtungen gesprochen. Briefe, Gesprächsfetzen im Büro ... Ich hätte lediglich gerne ihre persönliche Meinung dazu gehört, die Einschätzung einer außenstehenden Person. Als Mutter ist man ständig in Sorge und zu ... zu subjektiv."
Jetzt tut sie mir leid.
„Ich hätte nie gedacht, dass Sie es ausnutzen würden. Ich hatte Vertrauen zu Ihnen."
Peng!
Ich winde mich.
„Sie werden verstehen, dass ich Sie in meinem Hause nicht mehr wiedersehen möchte. Schicken Sie mir Ihre Bankdaten auf dem Postweg – den restlichen Lohn werden Sie selbstverständlich erhalten. Sie waren mir eine große Hilfe beim Honigschleudern. Ich werde mich erkenntlich zeigen."

Almut bleibt erstaunlich sachlich. Ich selbst hätte mit Wutausbrüchen und Geschrei reagiert. Ich bewundere ihre Großzügigkeit und fühle mich gedemütigt. Denn ihr Großmut schmeckt nach „von oben herab". Ich höre einen leicht ironischen Unterton. Auch wenn mein Kopf brummt wie ein Bienenschwarm, funktionieren die feinen Antennen doch ausgezeichnet. Wenn man mich demütigt, verlässt mich jede Vernunft. Ich will das letzte Wort haben, will verletzen und verhöhnen.

Ohne nachzudenken, schlage ich blindlings zu: „Sie werden mir Ihr Haus nicht verbieten können, meine Liebe", sage ich geziert und völlig aus der Luft gegriffen. „Henri hat mir heute Nacht einen Heiratsantrag gemacht."

Erschrocken über meine eigene Kühnheit beende ich mit klopfendem Herzen die Verbindung.

***

Die Frau mit den schulterlangen dunkelbraunen Haaren, die da im Biergarten des Seckenheimer Schlosscafés allein an ihrem Holztisch saß, machte einen leicht nervösen Eindruck. Mit der linken Hand blätterte sie ununterbrochen in einem blauen Notizbüchlein, las, blickte auf die Uhr, las wieder, schlug die letzte Seite des Heftes auf, nahm eine Fotografie zur Hand, betrachtete sie eingehend, schob sich sogar – immer noch mit der linken Hand – die Sonnenbrille auf die Stirn hinauf, um das Bild noch genauer studieren zu können. Die rechte Hand, von der Unruhe der linken angesteckt, rührte ununterbrochen und heftig in einer Tasse Cappuccino, so dass das Sahnehäubchen flacher und flacher wurde, sich mit dem Kakaopulver zu einer unappetitlichen Masse und unansehnlichen Farbe vermengte und dieser bräunliche Matsch bereits über den Tassenrand hinausgedrängt wurde, was die schöne weiße Tasse ringsherum mit einem hässlichen Brei verkleisterte. Die – wiederum mit der linken Hand – herbeigewunkene junge Bedienung betrachtete die Tasse mit sichtlichem Kummer, überreichte wunschgemäß den Kassenbon und nahm Geld und Trinkgeld entgegen, während immer weiter klackernd in der Tasse gerührt wurde. Die Frau saß ganz am Rande des Biergartens, der trotz des schönen Wetters nicht vollständig besetzt war und begann mit der linken Hand ungeduldig auf den Tisch zu trommeln. Sie musterte dabei die Fotografie, die jetzt vor ihr auf dem Tisch lag und die einen Herrn in mittleren Jahren mit leichtem Grau an den Schläfen zeigte. „Je grauer, je schlauer", dachte die Frau und seufzte. Sie rief sich die aufgeregte Dame ins Gedächtnis zurück, die vor wenigen Tagen weinend vor ihrem Schreibtisch gesessen und vor lauter Gram den grässlichen Fischgeruch in der Wohnung nicht wahrgenommen hatte.

Schleicht ihrem Mann mit von Misstrauen zerfressenem Gemüt hinterher und entdeckt ihn tatsächlich mit einem jungen Mädchen im Seckenheimer Schlosscafé. Statt ihm gleich auf der Stelle seinen Cappuccino mitten ins Gesicht zu schütten, stiehlt sie sich schluchzend auf der Neckarseite am Lokal vorbei und sucht nach drei verzweifelten Tagen eine Detektivin auf. Die soll ihr den Beweis liefern, der schon längst vorliegt. Ein Foto von dem inflagranti ertappten Pärchen wird gewünscht, an dem sich die Seele nach Herzenslust wund scheuern kann, das man dem Gatten schreiend vor die Nase knallen wird, bevor man unter der Nervenanspannung spektakulär zusammenbricht.

***

Karla erkannte ihn sofort, als er mit seiner Begleiterin auftauchte. „Mein Gott, immer diese Buben- und Mädchengeschichten", dachte sie gelangweilt.

Sie fühlte sich lustlos und müde und sehnte sich nach einem Schluck Kaffee. Sie erinnerte sich plötzlich an ihren Cappuccino, schob die widerlich verklebte Tasse vor Ekel aber so heftig von sich, dass die Brühe auf Tisch und Foto schwappte. Was tat sie eigentlich hier? Konnte man seine Zeit nicht besser nutzen als mit solchem Kinderkram?

Die beiden Personen setzten sich – Glück gehabt! – direkt an den Nebentisch. Die vier Hände begannen sofort, verliebt miteinander zu spielen. Karla war jetzt ruhig geworden. Mit langsamen Bewegungen verstaute sie das Heft und die verklebte Fotografie in ihrer großen Umhängetasche und stellte die funkelnagelneue Spiegelreflexkamera auf den Tisch. Stolz streichelte sie über das silbermetallene Gehäuse.

„Hier hilft nur kurzer Prozess", sagte sie sich, stand auf, schulterte die Tasche und trat an den Tisch der beiden

Turteltäubchen: „Bitte lächeln!" – die junge Frau tat ihr augenblicklich den Gefallen, während der verdutzte Mann, der seinen Arm um die Schulter seiner Begleiterin gelegt hatte, zu keiner Reaktion fähig war und einen törichten Gesichtsausdruck zum Besten gab, über den Karla später im Stillen Tränen lachte.

Völlig unbehelligt huschte sie davon. Auftrag erledigt. Die Kundin würde zufrieden sein.

***

Eine vorübergehende Neuerung in Henris Zimmer im Hause seiner Mutter sollte nicht verschwiegen werden: Henri hatte das Bild des Pfeife schmauchenden Mannes abgehängt und auf den Fußboden gestellt. Es lehnte jetzt an der Wand, so dass die außergewöhnlich blauen Augen nicht mehr missbilligend auf Henri hinabblicken konnten, sondern umgekehrt Henri in der Lage war, den Alten von oben herab zu mustern. Von diesem Blickwinkel aus betrachtet, sah er nicht mehr ganz so streng und Furcht erregend aus, sondern war plötzlich zu einem bemitleidenswerten alten Mann geworden, dem tiefe Falten das Gesicht zerkratzt hatten.

Henris Gesicht dagegen war glatt und rosig und trug ein ungewohntes Dauerlächeln. Er hatte ein Geschenk von einer Frau erhalten. Das Geschenk verhalf ihm zu einem neuen, offenen Blick, zu gestrafften Schultern, zu einem aufrechten, entschiedenen Gang. Er zog die Vorhänge zurück und öffnete beide Fensterflügel. Tief einatmend sog er die frische Luft in seine Lungen. Ganz weit hinten im Garten konnte er eine weißgekleidete Gestalt sehen, die an den Bienenvölkern arbeitete. Beinahe schrak er selbst ein wenig zusammen, als er seine unverhofft feste Stimme hörte, mit der er die Mutter rief.

***

Die Aussprache verlief kurz. Almut trat sicheren Schrittes ins Zimmer. Sie hatte den weißen Overall anbehalten und nur den Imkerschleier abgesetzt. Henri blickte ihr gerade ins Gesicht und stellte mit Bestürzung fest, dass kein Zeichen von schlechtem Gewissen darin zu finden war. Nach den Ungeheuerlichkeiten, die ihm Karla heute Vormittag im Bett über seine Mutter mitgeteilt hatte, war er empört und kopflos aus dem nach Fisch-Nuggets riechenden Haus gestürzt. Karla hatte ihn zum Abschied geküsst und ihm ein „Setz dich endlich bei deiner Mutter durch!" ins Ohr geflüstert. Er war kreuz und quer durch die Stadt gelaufen, hatte schließlich mit einiger Mühe sein geparktes Auto gegenüber der Kunsthalle wiedergefunden und auf der Heimfahrt zornige Monologe geführt. Er und schwul! Wie kam seine Mutter auf solche Gedanken? Wieso ließ sie ihm nachspionieren? Warum setzte sie fremde Personen wie Karla auf ihn an? Reichte es nicht, dass sein eigener Vater ihn mit solcherlei Verdächtigungen gequält und verhöhnt hatte?

„Was hätte ich tun sollen?", hatte ihm Karla mit weinerlicher Stimme ihr Leid geklagt. „Sieh dich doch hier um. Ich bin seit Monaten arbeitslos und das bisschen Putzen bringt nicht allzu viel ein. Man nimmt halt, was man kriegen kann."

Im Grunde fand Karla Almuts Ansinnen, Henris Gewohnheiten zu studieren und seinen Umgang zu beobachten, relativ harmlos. Solche Schnüffeleien waren ihr täglich Brot und sie hatte sich längst abgewöhnt, über diese Abgeschmacktheiten nachzudenken oder gar zu urteilen. Warum sie Henri diese kleine Taktlosigkeit seiner Mutter so übertrieben wichtigtuerisch aufs Butterbrot strich, hätte sie in diesem Augenblick mit keinem einleuchtenden Argument untermauern können.

Genauso wenig konnte sie sich den Grund erklären, warum sie gleich nach dem Aufwachen das Schild an ihrer Eingangstür entfernt hatte. Dass Almut ihre neue Haushaltshilfe auf ihren eigenen Sohn angesetzt hatte, hatte Karla Henri mit Vergnügen eingeflüstert. Dass sie ihren Lebensunterhalt aber auch im Allgemeinen mit dem Ausspionieren fremder Leute verdiente, durfte er jedoch nicht wissen. Als sie beide in der Nacht singend und kichernd nach Hause gekommen waren, konnte er das Schild nicht bemerkt haben. In ihrer fröhlichen Beschwipstheit hatten sie eine unendlich lange Zeit gebraucht, um in Karlas Wohnung zu gelangen. Auf jedem Treppenabsatz hatte sie sich aus Henris Umarmungen befreien und ihn mit dem Finger vor dem Mund auf die Nachtruhe ihrer Nachbarn hinweisen müssen: „Pscht-pscht". Mehrmals war das Licht im Treppenhaus ausgegangen. Und als sie – endlich, endlich – vor „Karla Kunstwadl – Ermittlungen, Observationen, Beschattungen. Privat und geschäftlich. Diskret und sorgfältig" angekommen waren, hatte sich Henri geradezu krakenartig um ihren Körper herumgeschlungen, dass sie nur mit großer Mühe ihren Schlüssel hervorkramen und aufschließen konnte.

Eine vage Feindseligkeit nagte an Karlas Seele, ein unbekannter kleiner Teufel ritt sie, riss sie mit sich fort und ließ sie vorsichtig und geschickt die eine oder andere gehässige Bemerkung über Almut anbringen. Wie sie vermutet hatte, reagierte Henri mit kindlicher Ungläubigkeit, mit Kopfschütteln und Abwehr. Und doch spürte Karla instinktiv, dass dieser unerfahrene junge Mann leicht zu lenken war. Während sie Henri liebkoste, küsste und streichelte, setzte sie ihre Worte mit großer Einfühlungsgabe, verabreichte ihm kleine Rationen, behutsam darauf bedacht, die Dosis nicht zu überhöhen, vorsätzlich stachelte sie ihn mit geschickt und wie beiläufig gewählten Sätzen gegen seine Mutter auf. Sie spürte seine Kapitulation, triumphierte über den errungenen, wenn auch kleinen Sieg. Karla war kein Dummkopf, sie wusste, dass ihre Macht nicht von Dauer sein konnte. Henri würde ihr Bett verlassen und sich in den Einflussbereich der anderen, seiner Mutter, begeben. Dann würden Karlas Worte an Magie und Anziehungskraft verlieren und nach und nach wie ein Traum verblassen.

Doch noch etwas anders wusste sie: der junge Mann würde sehr schnell in ihr Bett zurückkommen.

***

Über die eigentliche Auftraggeberin und den eigentlichen Auftrag hatte Karla Henri gegenüber vorsichtshalber kein Wort verloren. Sie ahnte zwar, dass sie sich den Job vermasselt hatte – „Vermurkst und versemmelt!", seufzte sie mit tragischer Miene – doch da sie weder eine Ahnung von den Beweggründen der eleganten Kundin noch irgendeinen Dunst davon hatte, was genau hinter den geheimnisvollen Andeutungen der Dame steckte, beschloss sie, vorerst abzuwarten und sich in dieser Hinsicht diskret zu verhalten. Ein Vorhaben, das ihr nicht leicht fiel.

***

Auch Henri fiel die Unterredung mit seiner Mutter nicht eben leicht. Hatte er anfangs noch die Hoffnung genährt, sich wirklich einmal durchsetzen, die Oberhand behalten, das letzte Wort haben zu können, fiel sein neues Selbstbewusstsein den sachlichen Worten seiner Mutter zum Opfer. „Warum lässt du hinter mir herspionieren?", hatte er aufgebracht gefragt. Sie stritt die Sache mit ruhigen Worten ab, um ihm gleich darauf – immer noch völlig sachlich – sein eigenes Fehlverhalten vorzuhalten. Es gehöre sich nicht, über Nacht wegzubleiben, ohne wenigstens telefonisch Bescheid zu sagen. Die ganze Nacht habe sie vor Sorge kein Auge zugetan. Das Allerschlimmste an der Geschichte sei Henris Geschmacksverirrung. Seit wann interessiere er sich

für Putzfrauen? Diese da sei zudem noch völlig schlampig, unzuverlässig, frech. Keinesfalls habe sie diese Person gebeten, ihren Sohn mit zu sich nach Hause zu schleppen und dort übernachten zu lassen. Almut blickte Henri prüfend ins Gesicht: „Hat sie dich betrunken gemacht? Oder wie hat sie dich sonst in ihr Bett gekriegt?"
Hin- und hergerissen zwischen dem Wunsch, die Geliebte zu verteidigen und seine Mutter zu besänftigen, geriet er mit hochrotem Kopf ins Stottern und sah hilflos zu, wie Almut vergeblich versuchte, das Ölbild wieder an seinen Platz zurückzuhängen.
„Sei so lieb, fass mit an, ich treffe den Nagel nicht", bat sie liebenswürdig und Henri beeilte sich ebenso höflich, ihr zu Hilfe zu eilen.
„Diese Dame, sagte Almut und betonte das Wort *Dame* auf unangenehme Weise, „diese Dame kann *dir* doch nicht das Wasser reichen. Die Sache mit dem Heiraten ist doch wohl ein dummer Scherz?"
Liebevoll strich sie Henri über die Wange.
„Wieso heiraten …?" Henri war nun vollständig aus der Fassung geraten. „Wer …?"
Almut fiel ein Stein vom Herzen. „Ich dachte mir schon, dass diese Person lügt." Jetzt kniff ihn freundschaftlich in die Taille.
„Wir finden schon eine passende Frau für dich. Jung, hübsch, schlank und gebildet. Reiß dich zusammen, Kind, diese *Dame* ist doch das genaue Gegenteil von all dem!"
Mit einem „Vergiss nicht, dich zu rasieren," verließ sie Henris Zimmer.

Mitunter kommt es vor, dass einzelne Bienen Einlass in einen fremden Bienenstock begehren. Suchen sie einen Unterschlupf – sei es, weil sie sich auf dem Flug verirrt haben, sei es, dass ein Unwetter ihnen den Heimflug verwehrt – wird ein eindeutiger Beweis für ihre guten Absichten verlangt. Ist ihr Honigmagen wohl gefüllt oder tragen die Hinterbeinchen dick gepolsterte Pollenhöschen, betteln sich die fremden Damen mit etwas Glück in das andere Volk ein; die argwöhnischen Wächterbienen lassen alle Fünfe grade sein und geben trotz des offenkundigen Fremdgeruchs den Eingang frei. Kommen die ungebetenen Gäste jedoch ohne Geschenke daher, gar noch mit unlauteren Gedanken an Einbruch und Honigräuberei, werden sie erbarmungslos verjagt. Zeigen sie sich weiterhin unbelehrbar, sticht man sie gnadenlos nieder.

Eine Privatdetektivin wie Karla Kunstwadl, neu im Geschäft und mit einer Handvoll nur wenig ergiebiger Aufträge versehen, konnte sich keine Wächterin, keine Türsteherin, keine Hinauswerferin leisten. Sekretärinnen sind nicht billig – und „fer umme" arbeitet heute keine mehr.

Nach der Fotosession mit den beiden Verliebten im Biergarten des Seckenheimer Schlosscafés wurde Karla dieser Umstand bitter bewusst. Sie freute sich bereits darauf, das flott erhaschte Beutefoto auf ihrem Laptop zu betrachten, kleine Überarbeitungen vorzunehmen … Klar, es ging lediglich um Beweise, um ein Corpus Delicti, aber Karla ließ es sich nie nehmen, diese trockenen Tatsachen künstlerisch zu verarbeiten. Eventuell konnte man Tonwertkorrekturen vornehmen, die Gesichter schärfer zeichnen, den Himmel blauer färben, den Störungsfilter zum Einsatz bringen, ein bisschen spielen, basteln, kreativ tätig werden, kurz: mit einem Gläschen Rotwein vor dem Bildschirm all die nutzlosen Dinge treiben, die so herrlich entspannend sind und für die man nicht bezahlt wird – bevor man das Foto auf Papier ausdruckte und anschließend der Kundin übergab.

***

Als Karla durch das miefige Treppenhaus zu ihrer Wohnung hochschlurfte, roch sie gebratenen Fisch. Als sie die Wohnungstür aufschloss und in ihren kleinen Flur trat, vermischte sich der Gestank auf wundersame Weise mit einem ungewohnten herb-holzig-blumigen Bukett zu einer völlig neuen Duftkomposition. Karla nahm die Witterung auf. Ihre feine Nase leitete sie ohne Umschweife ins Arbeitszimmer.

Am Fenster stand, ausgestattet mit allen Anzeichen des Grolles und Zornes, die Rachegottheit in Menschengestalt. Doch welche dieser Erinnyen, welche dieser mythologischen Wütegestalten, die gnadenlos alles Unrecht bestraften, selbst aber ohne jedes Erbarmen Tod und Verderben über die Sterblichen brachten, hatte sich in Karlas Arbeitszimmer eingeschlichen? War es Alekto, die „Unaufhörliche, nie Ablassende", Megaira, die „Neiderin mit dem bösen Blick", Tisiphone, die „Vergelterin und Rächerin" oder gar Nemesis, die Göttin des gerechten Zorns, die „herzlos Liebende" bestraft? Welche dieser Rachegöttinnen sie genau vor sich hatte, war eigentlich nicht von entscheidender Bedeutung. Das Bedrohliche an der Sache war vielmehr die Tatsache, dass die Furie in die äußerliche Hülle einer beispiellos eleganten Renate geschlüpft war und Karla mit bedrohlicher Miene erwartete.

„Sie kleideten sich in graue Gewänder, die Haare waren Schlangen, ihr Geruch war unerträglich und aus ihren Augen floss giftiger Geifer. Sie fuhren einher mit Brüllen und Bellen."

Mit derlei respektlosen Zitaten, die laut auszusprechen sie sich hütete, versuchte Karla, sich selbst Mut zu machen und einer zunehmenden Kopflosigkeit entgegenzuarbeiten. Doch ihr Herz, welches wie das eines in die Falle geratenen Häschens klopfte, ließ sich auch durch beißenden Sarkasmus nicht beruhigen.

Aus der Traum vom gemütlichen Relaxen bei einem kleinen Roten. Karla hatte die Gegebenheiten leichtfüßig verdrängt. Jetzt verfluchte sie sich; warum war sie gegen diesen Angriff nicht gewappnet? Sie hätte sich rechtzeitig eine rührende kleine Geschichte zu ihren Gunsten zurechtlegen sollen. Die Frau hatte ihr einen Auftrag erteilt, sie als „verdeckte Ermittlerin" ins Haus ihrer Schwester eingeschleust – und ihr einen netten Geldbetrag zugesteckt, ohne den sie die Anschaffung der teuren Spiegelreflexkamera auf den Sankt Nimmerleinstag hätte verschieben müssen.

Jetzt stand Renate also da, mit dem Rücken zum Fenster, in einer leicht transparenten, weich fließenden grauen Satinbluse, die ihre gute Figur fast schwebend umhüllte und perfekt zu ihrer Haarfarbe passte. Den Hals umraffte ein raffinierter kleiner Stehkragen – eine Erscheinung von beneidenswerter Eleganz. Karla, modisch völlig uninteressiert und beim Schuh- und Kleiderkauf ein rechter Tollpatsch, fühlte sich um Längen unterlegen und zupfte nervös an ihrem viel zu weiten, viel zu oft gewaschenen T-Shirt herum.

„Angriff ist die beste Verteidigung", dachte sie und fühlte sich dabei äußerst gewieft und routiniert.

„Wie sind Sie in meine Wohnung gekommen? Wissen Sie, dass das Einbruch ist, Hausfriedensbruch …?"

Der Angriff ging ins Leere. Mit einer lässigen Handbewegung wischte ihn Renate beiseite.

„Warum setzen Sie sich nicht?"

Karla startete kleinlaut einen neuen Versuch.

„Bitte nehmen Sie doch Platz!"

Sie zeigte auf den Besucherstuhl und bot eine Tasse Kaffee an.

Renate lehnte es ab, sich zu setzen. Im Stehen spreche es sich ebenso gut, war ihre Meinung. Aus Erfahrung wusste sie, dass man im Stehen weitaus effektiver schimpfen, ja schreien konnte.

„Almut hat mir alles erzählt. Wissen Sie, dass Sie die Sache vermasselt haben?"

„Was erzählt? Was ist denn schon groß passiert, dass Sie so darauf reagieren? So …", Karla suchte nach Worten. „So unverhältnismäßig."

„Unverhältnismäßig?" Renate schrie es fast. Sie schlitzte ihre Augen wie eine gereizte Katze, kam gefährlich nahe heran und nahm Karlas Kopf zwischen ihre beiden Hände.

„Sie will mich erwürgen", dachte Karla, hielt aber vor Überraschung ganz still.

„Was bilden Sie sich überhaupt ein, wer Sie sind? Wie kommen Sie nur auf diese Idee, mit meinem ..., mit meinem ..."
Renate geriet ins Stocken und machte eine fast unmerkliche Pause, während derer sie sich mit gesenktem Kopf abwandte. Doch Karla war mit einer beträchtlichen Portion Instinkt ausgestattet. Die Zehntel Sekunde Pause ließ sie starr werden vor Staunen.
„Mit meinem ... was?", überlegte sie fassungslos. „Der Kleine wird doch wohl nicht mit seiner eigenen Tante ...?"
„... mit meinem Neffen ins Bett zu steigen?", vollendete Renate ihren Satz ruhig und kam wieder näher. Auf ihrem Gesicht lag jetzt ein schmerzlicher Ausdruck.
„Wie das so geht ..."
Karla bekam wieder Oberwasser und antwortete betont locker.
„Man trinkt ein paar Gläser, man redet, man lacht ..."
„Man redet, man lacht ...", Renate schüttelte verächtlich den Kopf.
„Wie alt sind Sie eigentlich?, fragte sie schroff.
„Wohl alt genug, um sich ernsthafte Gedanken über Ihr Leben zu machen. Man lebt nicht so lässig vor sich hin und macht, was einem gerade in den Sinn kommt."

„Ja, Frau Oberlehrerin!", dachte Karla gereizt. Die Frau hatte eine ungedeckte Stelle an ihr getroffen. Sie fühlte sich mit einem Mal völlig wehrlos.

„Man trinkt ein paar Gläser, man redet, man lacht ...", Renate äffte ihre Worte erneut nach, traf jedoch nicht mehr den spöttischen Tonfall, den sie beabsichtigte.
Mit Erleichterung nahm Karla die Erschöpfung, das körperliche und geistige Abschlaffen ihrer Auftraggeberin wahr.

„Bitte!", sagte sie leise und vorsichtig und zeigte erneut auf den schon zuvor angebotenen Platz am Schreibtisch. „Bitte, setzen Sie sich doch!"

Und als Renate der Aufforderung tatsächlich nachkam, fügte sie hinzu: „Ich werde mir Mühe geben, die Sache wieder ins Lot zu bringen. Geben Sie mir eine Chance. Vielleicht kann ich meinen Teil des Vertrages ja doch noch erfüllen."

Damit begab sie sich in die angenehm klare Luft ihrer Küche und entkorkte den trockenen Rotwein von der Badischen Bergstraße, von dem sie sich einen Karton für ganz besondere Gelegenheiten aufgespart hatte.

„Diese Art von Frauen kann man nur auf zwei Arten beschwichtigen", kalkulierte sie rasch. „Mit Luxus und mit Alkohol."

Doch mit dieser Einschätzung hatte sich Karla Kunstwadl gewaltig getäuscht. Renate erzählte ihr zwar eine nette Geschichte, trank dabei jedoch sehr moderat und vorsichtig und ließ die Detektivin am Ende reichlich verwirrt zurück.

Nachdenken bringt nicht immer den gewünschten Erfolg. Manchmal kommt die Lösung unverhofft, auf leisen Sohlen und aus einer unerwarteten Richtung.

Das lange Gespräch mit Renate hatte Karla erschüttert und ausgelaugt. Sie fühlte sich matt. Jetzt saß sie alleine an ihrem Schreibtisch, neben sich ein Glas Rotwein, dem sie keine Beachtung mehr schenkte und kritzelte auf einer leeren Seite ihres Notizbuches herum, ohne selbst an dieser Tätigkeit teilzunehmen, ohne zu sehen. Sie zeichnete, schraffierte, strichelte. Immer die gleichen Muster entstanden unter ihrem Bleistift, sie wiederholten sich, wurden endlos aneinandergereiht. Die Muster bildeten sich spontan, fast ohne Zutun und waren noch zu abstrakt, um sich dem Verstand zu erschließen. Während Karla sonst in ähnlich gedankenversunkenen Stimmungen, bei Telefongesprächen oder – ganz früher – in langweiligen Unterrichtsstunden wilde Schnörkel, phantastische Bögen, unendlich ausufernde Spiralen gezeichnet hatte, entstanden plötzlich geometrisch exakte Figuren, regelmäßige Sechseckmuster, perfekte Polygone aus sechs Ecken und sechs Seiten. Die Beschaffenheit solcher Kritzeleien, heißt es, gibt Auskunft über den inneren Zustand der Zeichnerin, über ihre Art zu denken und sich Problemen zu nähern. Ganz automatisch, fast wie von selbst, wird das Innerste nach außen gekehrt. Noch können die Muster nicht in Worte gefasst werden, noch ist etwas erst im Entstehen begriffen und wird vom Gehirn nicht wahrgenommen. Erst dann, wenn sich die Schöpferin mit ihrem „Werk" in Beziehung setzt, bewusst hinschaut, mit dem Geschaffenen eine Beziehung eingeht, vergegenständlichen sich die abstrakten Striche und es erschließt sich eine Lösung, oder wenigstens ein Weg.

Karla zeichnete Bienenwaben.

***

Birnau am Bodensee

Die „rührselige Liebesgeschichte", wie es Karla spöttelnd, wenn auch nicht ohne einen leichten Anflug von Neid, nannte, hatte also im Jahr 1971 in der Barockkirche Birnau am Bodensee ihren Anfang genommen. Renate, die damals 23-jährige Studentin der europäischen Kunstgeschichte, wäre für ihr Leben gerne nach Florenz gereist, um die Werke berühmter Künstler der italienischen Renaissance und des Barock vor Ort zu studieren. Leider war ihr Budget zu jener Zeit zu gering, der Eltern Portemonnaie nicht dick genug gepolstert, das Geld musste eingeteilt werden. Das Studium der Kunstgeschichte ist eines der teuersten überhaupt, Bildbände, Fotoapparat, Diasammlungen, Museumsbesuche, Reisen in In- und Ausland sind, wenn zwar nicht Voraussetzung für einen erfolgreichen Studienabschluss, so doch erwünscht und unbedingt anzuraten. Bruder Georg, einziger Stammhalter und Hoffnungsstern der Familie, hatte sich der Juristerei zugewandt und gereichte den Eltern, die ihre Ersparnisse fast ausschließlich in dieses Projekt steckten, zum Stolz und zur Freude. Für die drei Töchter blieb der klägliche Rest. Zum Glück entpuppte sich wenigstens Marga als praktisch veranlagt und entschied sich ohne viel Federlesens für eine für damalige Töchter übliche Lehre zur

Bürogehilfin. Renate und Almut setzten ihre Köpfe durch und begannen ein Studium; die finanziell erschwerten Bedingungen zwangen Almut zu vorzeitiger Aufgabe und zur Flucht in die finanzielle Freiheit einer Ehe. Einzig Renate schaffte mit unerschütterlicher Energie den steinigen Weg zum Magister-Abschluss. Georg brach das Jura-Studium kurz vor dem Staatsexamen ab, um fortan in Südfrankreich sein Glück zu suchen, Ziegen zu hüten und pikante kleine Käse herzustellen.

Nach wochenlangem frühmorgendlichen Briefesortieren in der Heidelberger Hauptpost, nachmittäglichen Nachhilfestunden für Schüler, welche die lateinische Grammatik so gar nicht in ihre Köpfe hineinbringen konnten oder wollten und abendlichem Babyhüten war Renate schließlich so weit gewesen, eine kleine Reise an den Bodensee antreten zu können. In Uhldingen hatte sie sich in einer bescheidenen Pension eingemietet. „*Mit Frühstück*" war ihr beinahe *zu* verschwenderisch und für ihre Verhältnisse *zu* luxuriös erschienen; die Pensionswirtin bestand jedoch auf die Kombination von Übernachtung *und* Frühstück.

„Kennen Sie die Barockkirche Birnau?", hatte Renate gefragt und Karlas Antwort gar nicht erst abgewartet. „Es ist die schönste Barockkirche am Bodensee. Peter von Thumb hat sie von 1746 bis 1749 erbaut. Einfach wunderschön!"

In Karlas Arbeitszimmer war sie ins Schwärmen geraten. Ihr Ausbruch aus einem mühevollen Alltag, der aus

Arbeiten und Studieren bestanden hatte, musste unglaubliche Glücksgefühle in ihr freigesetzt haben. Stundenlang hatte sich Renate damals in dieser Wallfahrtskirche aufgehalten, die sakralen Ausschmückungen des Bildhauers Josef Anton Feuchtmayer, die Deckengemälde, Statuen, Altäre betrachtet, skizziert und fotografiert.

„Die Kirche verfügt über sieben Altäre, zur Erinnerung an die sieben prachtvollen Altäre des Petersdoms in Rom, die die Gläubigen aufsuchen mussten, um die Absolution zu bekommen".

Und als wäre sie plötzlich mit dem Bewusstsein, zu wem sie hier eigentlich sprach, aus ihrem Traum erwacht, hatte Renate längere Zeit geschwiegen und wie zur Entschuldigung in Karlas Richtung hin gemurmelt: „Aber ich langweile Sie nur. Ich lasse mich von meinen Erinnerungen fortreißen. Im Grunde tut das alles nichts zur Sache. Sie können diese Einzelheiten getrost vergessen."

Karla, die sich mit einem Bleistift Notizen in ihren Spiralblock gemacht hatte, war sofort klar gewesen, was Renate eigentlich hatte andeuten wollen: „Sie, Karla Kunstwadl, haben als gefeuerte Kaufhausschnüfflerin und erfolglose Privatdetektivin keinen blassen Schimmer von dem, was ich Ihnen hier erzähle. Ökonomischer wäre es daher, einer ungebildeten Person gegenüber Mühe und Spucke zu sparen."

„Ich fasse mich kurz: Hauptziel meines Besuches war der Bernhards-Altar, der dem Heiligen Bernhard von

Clairvaux, dem Ordensstifter der Zisterzienser, gewidmet ist."

Karla hatte das Stichwort aufgegriffen, froh, hier einhaken zu können: „Sie sprechen die Lactatio-Legende an?"

Renate, Rotwein im Mund, hatte sich verschluckt und zu husten begonnen: „Was wissen denn *Sie* darüber?"

„Na ja, Europäische Kunstgeschichte habe ich zwar nicht studiert. Dafür aber Ägyptologie an der Uni München. Wenn Sie mich jetzt fragen, warum ich dieses Studium nach vier Semestern abgebrochen habe, könnte ich Ihnen nur eine Erklärung liefern, die Sie erneut erzürnen würde: „Wie das so ist, man redet, man lacht, man verliebt und trennt sich, man will leben, Geld verdienen, reisen, man wirft alles hin, fängt etwas Neues an, macht Pläne, durchkreuzt sie, springt von hier nach dort, nimmt das Leben nicht allzu ernst, hört auf und fängt neu an, immer wieder." Ich weiß inzwischen, dass *Sie* ein solches Verhalten nicht verstehen können. Aufgeben ist für Sie ein Zeichen von Schwäche. Aber leider gehört Durchhaltevermögen nicht zu meinen Tugenden. Mut schon eher: Zum Aufhören gehört Mut. Ein Ende bedeutet einen Neuanfang. Das war schon immer mein Lebensmotto gewesen: Hör auf. Nimm Abschied. Hier geht es nicht mehr weiter. Außerdem hatte mich die Technik der Mumifizierung abgeschreckt. Zuerst zogen sie einem mit gekrümmten Eisendrähten das Gehirn durch die Nasenlöcher heraus ..."

„Ich bitte Sie ...!"

„Um zu Ihrer Frage zurückzukommen: Ich bin ein eitler Mensch, es stört mich ungeheuer, wenn man in mir die ungebildete Person sehen will. *Sie* machen sich über meine Tätigkeit als Privatdetektivin lustig. Almut und Henri sehen die Putzfrau in mir. Menschen neigen zur Vereinfachung: Putzfrau ist Putzfrau, Schnüfflerin bleibt Schnüfflerin – und basta."

„Sie machen es nicht anders", hatte Renate unbarmherzig geantwortet. „Ich bin für Sie eine reiche Tante, die ihre Zeit mit Shoppen verbringt und ihr Geld für teure Klamotten und Parfüms hinauswirft. Sie halten mich für genauso oberflächlich wie umgekehrt ich Sie. Aber persönliche Dinge tun hier nichts zur Sache. – Sie haben also vom „Wunder von Speyer" gehört?"

„Wie Sie ja selbst sagen: Ich habe wenig zu tun, genügend Tagesfreizeit und somit die besten Voraussetzungen, müßig in der Gegend herumzufahren. Speyer ist nur 20 km entfernt. Natürlich habe ich den Dom besucht und ab und zu die dortige Landesbibliothek benutzt. Das Wunder hat sich im Speyerer Dom zugetragen …"

„*Soll* sich zugetragen haben!"

„Meinetwegen: … *soll* sich im Speyerer Dom zugetragen haben. Bernhard von Clairvaux hatte hier … *soll* hier Tag und Nacht gebetet haben, ohne irgendeine Art von Nahrung zu sich zu nehmen. Um ihn vor dem Verhungern zu retten, empfingen seine Lippen einen nährenden Strahl Milch aus der Brust der Mutter Gottes. – Eine eklige Vorstellung!"

Renate hatte über die letzte Bemerkung unwillig den Kopf geschüttelt: „Durch diese Liebesgabe ist Maria symbolhaft zu Bernhards Mutter geworden. Sie hat ihn sozusagen, neben Jesus, als „Mit-Säugling" aufgenommen. Diese Geschichte will uns sagen, dass die Mutterschaft nicht allein durch die Geburt, sondern auch durch Darreichung der marianischen Milch funktionierten konnte – heute würde man sagen: durch die Annahme an Kindes Statt."

„Wieso hatte sich die Gottesmutter einen so alten Knacker als „Mit-Säugling" ausgesucht? Eher unwahrscheinlich, das Ganze!"

„Als Ägyptologin müssten Sie gelernt haben, Konkreta von Abstrakta zu unterscheiden und Symbolgehalte anzuerkennen."

Wieder hatte sich Renate leicht verärgert gezeigt, war jedoch, als sie Karlas Gesichtsausdruck sah, der kindliche Provokation ausdrückte, ein wenig ins Schmunzeln geraten.

„Ein Notfall, wenn Sie so wollen. Hätten *Sie* den betenden Bernhard etwa verhungern lassen?"

„Hundert Pro", hatte Karla gedacht, ohne es jedoch auszusprechen.

Die Darstellung des „Wunders von Speyer" auf dem Altargemälde der Barockkirche Birnau war nicht der einzige Grund für Renates Studienreise an den Bodensee gewesen. Zu jener Zeit galt ihr besonderes Interesse den Putten, Kindergestalten in der darstellenden Kunst; kleine Engelchen mit Flügeln faszinierten sie ebenso wie unbekleidete Knabengestalten ohne Flügelchen, kindliche Eros-Figuren oder Amoretten, die häufig als Dekor und zur Ausschmückung von Altären dienten.

„Das Wort „Putte" ist vom lateinischen „puer", der Knabe, entlehnt. Aber Latein können Sie ja sicher auch, Sie vielseitige Beschatterin von untreuen Ehemännern."

Karla hatte genickt. „Und so einer Putte waren Sie also auf den Fersen?"

„Am Altar des Bernhard von Clairvaux steht der berühmte Honigschlecker, ein Barock-Engelchen, das im rechten Arm einen Bienenkorb hält und mit dem Zeigefinder der linken Hand süßen Honig nascht, ein Werk von Joseph Anton Feuchtmayer. Die Figur nimmt Bezug auf ein Altargemälde, das die Milchgabe an den Heiligen Bernhard darstellt. Seit dieser Zeit wurde Bernhard als „Doctor Mellifluus" bezeichnet, als ein Kirchenlehrer, dem seine Rede „wie Honig aus dem Munde" fließt. Man spielte damit auf seine Beredtsamkeit und Eloquenz an. – Im Übrigen können Sie im Schwetzinger Schlossgarten eine Statue mit einem Bienenkorb sehen, die höchstwahrscheinlich diesen „honigfließenden Doktor" darstellt. Sie steht auf einer Plinthe, einem Fundament, auf dem das Wort „Rhetorica" eingeritzt ist."

Die junge Kunststudentin Renate war so in den Anblick des dicken Engelchens vertieft gewesen, dass sie den Mann, der sich neben sie stellte und sich ebenfalls in die Betrachtung des Honigschleckers vertiefte, nicht sofort bemerkte.

„Später unterhielten wir uns ausführlich über die Figur. Er war über meine kunsthistorischen Kenntnisse erstaunt und zeigte mir offen seine Bewunderung. Das tat mir natürlich gut. Ich war Anfang Zwanzig und er über zehn Jahre älter."

Über den Honigschlecker waren die beiden Besucher der Wallfahrtskirche ins Gespräch gekommen, wobei sich herausstellte, dass der Mann recht wenig über künstlerische Zusammenhänge oder Epochen wusste. Er übte einen eher praktischen Beruf aus, hatte Maschinenbau studiert und war als Ingenieur bei einem Landmaschinenhersteller angestellt, wo er eine führende Position in der Entwicklung von Mähdreschern innehatte. Von all diesen technischen Dingen hatte Renate überhaupt keine Ahnung, aber dass er mit ihr über seine Arbeit sprach, imponierte ihr außerordentlich und machte sie stolz. Außerdem hörte sie einfach gerne seiner Stimme zu. Er war begeisterter Hobbyimker, hatte ein paar Bienenvölker, mit denen er sich in seiner Freizeit „entspannte", wie er es nannte. Außerdem besuchte er gerne Sehenswürdigkeiten an der Schwäbischen Barockstraße, vor allem die Westroute von Bad Saulgau zum Bodensee hatte es ihm angetan.

„Richards Kunstverständnis war eher einfacher Natur. Er hatte davon gehört, dass der Honigschlecker nicht nur der Engel aller Imker und Honigliebhaber, sondern auch ein Schutzengel der Verliebten, Verlobten und

Verheirateten sei. Ich hatte von dieser romantischen Seite des Putto bis dato nichts gewusst und vermutete dahinter ein eher profanes materielles Anliegen. Denn in der Tat gab es Hersteller und Vertreiber genug, die es darauf anlegten, diesen Symbolgehalt an die Besucher und Besucherinnen zu bringen. Richard bestand darauf, eine solche Figur zu kaufen und sie mir zu schenken. „Als Dankeschön für die bezaubernde Gesellschaft", wie er sich ausdrückte. Die Figur war ein schrecklicher Kitsch. Immerhin hatte ich ihn überredet, die kleinste Ausführung zu nehmen, eine Art Christbaumanhänger. Aber ich war gerührt – und fühlte mich sehr zu ihm hingezogen. So etwas Unglaubliches war mir noch nie passiert!"

Noch am selben Tag wurde Renate von ihrem Verehrer zum Abendessen in eine Lokalität eingeladen, die sie sich selbst nie hätte leisten können. Er ließ sich kurzfristig beurlauben und sie verbrachten eine wundervolle Woche miteinander, die aus Kunstgenuss, Fahrten mit seinen Auto in die nähere Umgebung, luxuriösen Café- und Restaurantbesuchen, kleineren Geschenken – und irgendwann auch aus mehr bestand.

„Wir waren ein Herz und eine Seele. Ich war zum ersten Mal so richtig verliebt und konnte mir ein Leben ohne diesen Mann nicht mehr vorstellen. Er musste in seine Firma zurück; auf mich warteten mein Studium und die vielen Nebenjobs, mit denen ich es finanzierte. Wir schrieben uns lange Briefe und immer wieder ergab sich eine Möglichkeit für ihn, mich in meiner kleinen Studentenbude in Heidelberg zu besuchen. Er besaß ein

Auto, einen Citroën DS, den er liebevoll *ma déesse*, meine Göttin, nannte. Auch mich hat er übrigens so genannt."

Bei diesem fast geflüsterten „Geständnis" hatte eine zarte, fast pubertäre Röte Renates Wangen überzogen und Karla hatte mit Mühe ein spöttisches „Ach Gottele, wie herzig" zurückgehalten.

Mit seinen beiden Göttinnen hatte der imkernde Entwicklungsingenieur interessante Fahrten unternommen, die offensichtlich einen großen Eindruck bei der kunstbesessenen Renate hinterlassen hatten.

Halb entgeistert, halb neugierig, worauf Renate wohl hinauswollte, hatte Karla über eine Stunde an ihrem Schreibtisch gesessen, an ihrem Wein genippt und schläfrig den Erzählungen gelauscht, die teils von melancholischen, teils von enthusiastischen Gebärden begleitet gewesen waren. Diese Frau hätte kunsthistorische Vorlesungen an der Universität halten sollen, sie hätte die Studenten mit ihrem Eifer mitgerissen. Hier, in diesem nach Fish und Chips riechenden Arbeitszimmer war ihr Pathos fehl am Platz. Die „Stuppacher Madonna", ein Gemälde von Matthias Grünewald, mochte zwar aufgrund der vielen Bienenkörbe, die sich auf dem Bild befinden, einen Betrag zur Geschichte der Bienenzucht liefern. Auch, dass man seinerzeit einen sonntäglichen Ausflug zu der Pfarrkirche Mariä Krönung in Bad Mergentheim unternommen hatte, um das Madonnenbild zu besichtigen, tat nach Karlas Dafürhalten nicht viel zur eigentlichen Sache, auch wenn die Allegorese dieses Gemäldes nach Renates Worten „sehr vielschichtig" war und man im Hinblick auf die Bienenstöcke und den Granatapfel, den die Madonna dem Knäblein auf ihrem Schoß reicht, von einer „tiefen Symbolik" sprechen musste.

Und inwiefern diente eigentlich „Der Bienenfreund" zur Klärung der aktuellen Situation … ein Bild des Schwarzwaldmalers Hans Thoma, welches die beiden Verliebten im Jahre 1971 in der Kunsthalle in Karlsruhe bewundert hatten und das einen Imker zeigt, der – „ein Bild der inneren Ruhe und des Friedens" – entspannt beobachtend vor seinen Bienen sitzt? Und hatte das Gemälde „Bei den Bienen" von Curt Liebich, das Renate mit ihrem Freund im Augustinermuseum in Freiburg betrachtet hatte, irgendetwas mit Karlas Auftrag zu tun? Karla wirkte bereits leicht genervt.

„Wir haben wunderbare Monate voll einzigartiger Eindrücke und Erlebnisse verbracht. Wir begannen, Zukunftspläne zu schmieden. Richard bewarb sich bei den John-Deere-Werken in Mannheim. Dort war man an Spezialisten für landwirtschaftliche Maschinen stark interessiert. Er sprach vom Heiraten …"

„Wie das so ist im Leben", hatte Karla gelangweilt in die plötzlich entstandene Stille hineingemurmelt.

Renate hatte mit einem sonderbaren Ausdruck in den Augen kurz aufgeschaut. „Ich stellte ihn meiner Familie vor. Almut und er haben sich sofort ineinander verliebt … Sie hat ihn mir einfach weggenommen."

„Und er hat sich einfach wegnehmen lassen!" Karla hatte einen bedächtigen Schluck aus ihrem Weinglas genommen und ihn zwischen ihren aufgeblähten Backen hin- und herschwappen lassen.

„Sagen Sie das nicht. Almut ist sehr egoistisch. So war sie schon immer. Sie nimmt sich alles, was sie haben will. Dafür ist ihr jedes Mittel recht. Sie würde über Leichen gehen ..."

Jetzt war Karla aus ihrer Lethargie erwacht.

„Richard ist vor zwei Jahren unter reichlich sonderbaren Umständen verstorben ..."

„Nun ja, ich kann verstehen, dass Sie Ihrer Schwester nicht verzeihen können und ihr die Sache bis heute nachtragen. Das ist menschlich. Was meinen Sie mit „sonderbaren Umständen"? Sie werden ihr doch nicht gleich einen Mord anhängen wollen ...?"

„Mein Schwager war schwer herzkrank; als Todesursache wurde Herzversagen in Verbindung mit einem anaphylaktischen Schock genannt. Richard hatte die Imkerei vor vielen Jahren aufgegeben, da er plötzlich allergisch auf Bienengift reagierte. So etwas kommt vor. Manche Imker entwickeln im Lauf der Jahre eine Immunität, bei anderen ist der hundertste Stich *ein* Stich zu viel. Er wurde mit Bienenstichen übersät vor der Terrassentür gefunden."

„Wer hat ihn gefunden?"

„Almut! Sie hat damals ausgesagt, einen Spaziergang im Luisenpark unternommen zu haben. Als sie nach Hause gekommen war, hätte Richard leblos im Garten gelegen."

„Aber welcher Art sollen die „sonderbaren Umstände" gewesen sein?"

„Richard interessierte sich nicht für den Garten. Er mied ihn, saß lieber den ganzen Tag vor dem Fernseher. Außerdem liebte er Fußball über alles. Zum Zeitpunkt seines Todes war gerade das Endspiel der Fußballweltmeisterschaft im Gange. Niemals hätte er sich in einem solchen Moment freiwillig vom Fernsehapparat wegbewegt."

***

Karla stellte Überlegungen an, ob sie Renate trauen konnte. „Sie würde über Leichen gehen ..." hatte sie über ihre eigene Schwester gesagt. Als sie an Renates geschlitzte Katzenaugen dachte, kam ihr der Vergleich mit der Rachegöttin Nemesis erneut in den Sinn. Gleichzeitig entstand in Karla eine leise Ahnung davon, was es bedeuten konnte, diese Frau zur Feindin zu haben. Sie las ihre Aufzeichnungen erneut durch, machte sich hier und da Notizen.

„Der Fall ist eine Nummer zu groß für dich, Karla Kunstwadl", gestand sie sich betrübt ein. Realistisch genug war sie.

Insbesondere zwei Dinge waren es, die Karla zusetzten. Warum um alles in der Welt hatte ihre Auftraggeberin zwei lange Jahre gewartet, um ihre Vermutungen über den Tod des Schwagers zu äußern? Warum war sie nicht sofort zur Polizei gegangen? Ihre Aussage wäre diskret behandelt worden. Ohne ersichtlichen Grund vertraute sie sich jetzt plötzlich einer Wildfremden an. Von Karla, über deren Fähigkeiten sie sich mehrfach abwertend ausgelassen hatte, erwartete sie nun eine Bestätigung ihres Verdachts. Wie passte das alles zusammen?

Karla malte Hieroglyphenzeichen auf ihren Block. „Nehmen Sie ihr Studium wieder auf und bringen Sie es zu Ende", hatte Renate ihr beim Abschied geraten, „es wird Ihnen guttun!" Sie war selbst erstaunt, wie flüssig ihr die heiligen Zeichen der alten Ägypter immer noch aus dem Stift flossen. Feierlich malte sie ihren eigenen Vornamen auf das Papier: **K A R L A** ... Lächelnd und fast ein wenig übermütig, umkränzte sie ihr Werk mit der königlichen Kartusche:

Aber noch etwas hatte Renate gesagt, bevor sie in das nach gebratenem Seelachs müffelnde Treppenhaus hinausgetreten war:

„An Ihrer Stelle würde ich in Zukunft die Wohnungstür nicht sperrangelweit offen stehen lassen!"

Einen untreuen Ehemann beobachten, ihm nachstellen, im entscheidenden Moment ein Foto schießen. Wie einfach hätte das Leben ohne Renate und ihre Sippschaft sein können.

Doch Karla war gut im Verdrängen. Zudem sorgte ein neuer Auftrag für Ablenkung. Dankbar hatte Karla den Ausführungen des erbosten Druckereibesitzers gelauscht. Ein Mitarbeiter schickte regelmäßig Krankmeldungen. Dabei war man der festen Überzeugung, dass der Herr, der über beträchtliche Rückenbeschwerden klagte und deshalb nicht zur Arbeit erscheinen konnte, die freie Zeit nutzte, um den Bau seines Eigenheimes voranzutreiben. Man war bereits selbst des Öfteren an besagter Baustelle vorbeigefahren, hatte Kollegen und Mitarbeiter gebeten, unauffällige Blicke auf das Objekt zu werfen. Leider ohne Erfolg.

„Bloß ääh Fodo brauch isch! Ääh ähnzisches Fodo vun dem Kerl – und isch hab'n am Wickel." Das Foto sollte, so wurde Karla instruiert, den Druckermeister in Aktion zeigen: Zum Beispiel: „Wie er uff'm Gerüschd rumkrabbelt!" Oder: „Wie er Backstää rumjongliert." Ein einziges Foto würde als Beweis für den zu Unrecht gemeldeten Krankenstand genügen „un isch schmeiß'n naus!"

Der Kerl sollte in flagranti erwischt und würde anschließend fristlos entlassen werden. Karlas Kostenvoranschlag wurde bereitwillig akzeptiert.

Ein Auftrag, dem sich Karla gewachsen fühlte!

Mit einem verwackelten Schnappschuss ausgestattet, der den ungetreuen Druckermeister mit einem Glas Bier bei der betrieblichen Weihnachtsfeier zeigte, fuhr Karla nach Mannheim-Käfertal. Sie hatte Glück. Nach zwei Stunden Wartezeit, die fast eine Schachtel Zigaretten kostete – Karla würde den Betrag ungeniert auf die Spesenrechnung setzen – betrat der Verdächtige die Szene. Er stellte sich als ein Mann von großer Muskelkraft heraus, da er vor Karlas Augen einen Zementsack auf seine Schultern lud, den sie auf gut einen Zentner Gewicht schätzte.

Klick! Mann und Sack wurden auf der Speicherkarte verewigt. So einfach war das. Karla trabte hochzufrieden von dannen.

Die Bearbeitung des Fotos auf dem Laptop wurde diesmal nicht durch ungebetene Besucher gestört. Mit einem Glas Wein in Reichweite machte sich Karla begeistert ans Werk. Der Scharfzeichnungsfilter erwies sich als erstklassiges Werkzeug. Die anschließende Ausschnittvergrößerung brachte das braungebrannte Gesicht des Druckermeisters hervorragend zur Geltung.

Ein Meisterfoto, eine wahre Glanzleistung!

Karla nahm einen Schluck Wein und betrachtete ihr Werk mit Wohlgefallen. Dann packte sie es mit dem Cursor und verschob es in den Papierkorb.

Pfui Teufel – so weit war sie nun doch noch nicht gesunken.

Moderne Analyse-Methoden haben die Identifizierung der zahlreichen Bestandteile des Bienengiftes möglich gemacht. Neben Wasser enthält es Peptide, Enzyme, aktive Amine, Kohlenhydrate, Lipide, Aminosäuren ...

Ein wahres Arsenal biochemischer Waffen. Die perfekte Abwehr zur Verteidigung des Bienenvolkes.

In ihrem kurzen Leben, das im Sommer keine sechs Wochen währt, übt die Biene verschiedene Berufe aus, wobei die Reihenfolge nur in Notfällen variiert. Im Bienenstock arbeitet sie als Amme und Babysitterin, als Königinnen-Pflegerin und Futtergeberin, als Putzfrau und Baumeisterin, als Wachsproduzentin und Temperaturreglerin. Bevor sie in den Außendienst tritt und als Sammlerin, Erkunderin, Lastenfliegerin und Nachrichtenübermittlerin den Luftraum erobert, nimmt sie als Wächterbiene am Flugloch eine bedeutende Position wahr: Sie dient als lebende Barriere zwischen der feindlichen Umwelt und dem zu schützenden Kosmos des Bienenstockes.

In permanenter Hab-Acht-Stellung harrt sie geduldig am Flugloch aus, unterscheidet Freund und Feind am Geruch; lässt diesen passieren und jagt jenen davon. Ist Gefahr in Verzug, fliegt gleich ein ganzes Geschwader dem Eindringling entgegen. Furchtlos und kühn schneiden die Verteidigerinnen einer beutegierigen Wespe, einer naschsüchtigen Spitzmaus, einem hungrigen Honigbärchen – oder einem räuberischen Menschen – den Weg ab; der Gegner wird dank einer höchst effizienten Abwehrwaffe in die Flucht geschlagen.

Sticht eine Biene in Säugetierhaut, bleibt ihr Stechapparat an Widerhaken hängen und wird ihr mitsamt dem Hinterleib aus dem Körper gerissen. Ihre stärkste Waffe ist der Selbstmord. Keine Führungsinstanz befiehlt ihr, dieses größte aller Opfer zu bringen. Und doch zögern die Kamikazes keine Sekunde, für Volk und Königin zu sterben. Ein einzelnes Bienenindividuum bedeutet nichts, die Gemeinschaft ist alles.

Schon in der Steinzeit war man sich der grandiosen Wirkung bewusst, die in fremder Leute Höhlen geschleuderte Bienennester ausübte. Bienenkorbkatapulte dienten bei den Völkern des Altertums, im Mittelalter und bis hinein in die frühe Neuzeit der Verwirrung und Schwächung des Gegners, der den aggressiven Insekten wehrlos ausgesetzt war. Eine biologische Waffe, die den kräftezehrenden Kampf Mensch gegen Mensch unnötig machte.

Weniger als zwei Prozent der Menschen reagieren auf Hymenopterengifte mit einem allergischen Schockzustand, anaphylaktischer Schock genannt, der bei Nicht-Behandlung zum Tode führen kann. Der in geringen Mengen harmlose Giftstoff wird vom Körper als bedrohlich eingestuft, das verwirrte Immunsystem reagiert überschießend. Hervorgerufen wird die lebensbedrohliche Überreaktion durch hohe Histaminausschüttungen. Erste Anzeichen sind Juckreiz an Kopf und Zunge, Ausschläge, großflächige Hautrötungen, Schwellungen, Krämpfe, Schweißausbrüche, Atemnot. Es kommt zu einer Beschleunigung der Herzfrequenz, der Blutdruck sinkt bedrohlich ab, Kreislaufkollaps und Herzlähmung folgen.

Ein erhöhtes Risiko besteht bei starker körperlicher Belastung sowie bei psychischem Stress.

Laut Statistik morden Frauen zu 90 Prozent mit Gift. Wie jeder andere Giftangriff ist auch der Einsatz von Bienengift für Frauen wie geschaffen. Ein todsicheres Mittel, zumal für eine erfahrene Imkerin mit allergischem Ehemann.

„Schön, wenn das Leben so einfach wäre!", murmelte Karla, tippte sich an die Stirn und klappte das Buch zu.

***

Als sie, angefüllt mit frisch angelesenem Wissen und bepackt mit allerlei Büchern, die sie in der öffentlichen Bücherei im Mannheimer Stadthaus ausgeliehen hatte, ihre Wohnung betrat, fand sie im Sessel ihres überfüllten Wohn-, Schlaf- und Esszimmers Henri vor. Einen Henri, der sofort aufsprang, auf sie zustürzte und ihr hilfsbereit die Bücher aus der Hand nahm.

„Ich hatte Angst, dass Sie mich nicht mehr sehen wollen", sagte er mit zerknirschter Miene. „Deshalb habe ich den zweiten Schlüssel mitgenommen."

Karla drehte auf dem Absatz um und flitzte in den Flur. Tatsächlich, das Schlüsselbrett war leer. Sie hatte das

Fehlen des Ersatzschlüssels überhaupt nicht zur Kenntnis genommen. Eine bedenkliche Unachtsamkeit!

„Was fällt dir ein?" Sie realisierte plötzlich, dass Henri sie wieder siezte und sie streckte ihm die Hand hin: „Ich heiße Karla", sagte sie spöttisch. „Du erinnerst dich?"

„Ich weiß", Henri blieb ernsthaft. „Und Sie sind Privatdetektivin und spionieren hinter meiner Mutter her. Was Sie mir über sie erzählt haben, war gelogen. Sie haben Ihre Arbeit nicht ordentlich gemacht. Meine Mutter hat Sie hinausgeworfen. Das hat Sie geärgert. Deshalb erzählen Sie hässliche Dinge über sie."

Karla blieb die Luft weg. Sie war außer sich vor Ärger. „Gib mir sofort meinen Wohnungsschlüssel wieder", sagte sie mit Nachdruck. Henri verschränkte seine Arme vor der Brust und blickte sie trotzig an: „Sagen Sie mir zuerst, was Sie von meiner Mutter wollen."

„Wie kommst du überhaupt auf die Idee, dass ich Privatdetektivin bin?"

Henris Antwort war entwaffnend: „Es stand auf dem Schild, das am Freitag noch an Ihrer Wohnungstür hing. Dann haben Sie es hinter der Küchentür versteckt. Ich habe es gefunden, als ich vor zwei Tagen hier war."

„Du warst was …?"

Karla überlegte. So kam sie nicht weiter. Dieser junge Mann war in Bezug auf seine Mutter zu keinerlei objektiven Gedankengängen fähig. Wenn sie auf ihrer Version der Geschehnisse beharrte, konnte sie nur verlieren. Es ging ihr nicht um die Person Henri, dessen war sie sich sicher. Na gut, sie hatte kurz mit dem Gedanken gespielt ... Henri war immerhin ein Spross aus wohlhabendem Hause – und er war sichtlich in sie verliebt. Aber im Moment war ihr der Auftrag wichtiger. „*Der Auftrag meines Lebens*", sagte sie sich. „Aussichtslos, aber verführerisch."

Und hier stand nun der gekränkte junge Mann. Hin- und hergerissen zwischen dem Wunsch, seine gottgleiche Mutter zu beschützen und einer Frau zu gefallen. Karla wog in Windeseile das Für und Wider ab. Es blieb ihr nicht viel Zeit. Henri könnte ihr Schlüssel zu der Feudenheimer Villa sein. Er war naiv, aber nicht dumm. Es kam alles darauf an, Almuts Stellenwert in Henris Herzen ein ganz klein wenig zu verringern. Der erste Versuch – Karla musste es sich eingestehen – war kläglich fehlgeschlagen. Immerhin gab Henri ihr die Chance, den Versuch zu wiederholen. Die Gelegenheit musste bei Schopf gepackt werden.

„Denk an die Erdkröte", überlegte Karla. „Bedächtiges Herantapsen, unmerkliches Fixieren, gemächliches Zuschnappen ..."

Sie beschloss, ihre Fangarme über Henri auszuwerfen – und siehe da: Henri warf sich mit Begeisterung hinein.

„Also hör zu!" Karla hatte es sich in der Kuhle zwischen Henris Kopf und seiner Schulter bequem gemacht.

„Die Fakten sind überschaubar: Dein Vater ist vor zwei Jahren verstorben. Eine Person, die ich nicht nennen darf, zweifelt aus verschiedenen Gründen daran, dass es sich dabei um einen natürlichen Tod handelte. Deine Mutter wird mit dem Geschehen in Verbindung gebracht. Ich selbst finde diese Verdächtigungen eher unhaltbar. Dennoch muss man analytisch an die Sache herangehen."

„Es ist ein nettes Spiel für dich", lächelte Henri. Er war wieder zum Du übergegangen. „Es scheint dir Spaß zu machen. Ähnlich wie kreuzworträtseln: Wort für Wort arbeitet man sich zur Lösung vor.

„Ja, so ähnlich", seufzte Karla.

Sie waren übereingekommen, sachlich über das Geschehen zu sprechen und sich nicht von Gefühlen hinreißen zu lassen. Karla zweifelte an Henris Fähigkeit, sich leidenschaftslos über den Tod seines Vaters zu äußern. Sie täuschte sich. Er spielte das „Spiel", wie er es nannte, eifrig wie ein Kind und ohne irgendein Anzeichen von innerer Ergriffenheit mit. Er gefiel sich darin, nüchterne Schlussfolgerungen zu ziehen und sein rationales Denkvermögen unter Beweis zu stellen.

„Friedlich vereint wie Sherlock Holmes und Doktor Watson", dachte Karla höhnisch, „nur dass diese beiden nicht zusammen im Bett lagen, als sie sich gegenseitig ihre diagnostischen Fähigkeiten um die Ohren schlugen." Zumindest hatte sie über eine derartige Vorliebe der beiden Meisterdetektive noch nichts gehört.

„Der Giftmord ist die weiblichste Art, jemanden ins Jenseits zu befördern", dozierte sie. „Häufig trifft es den Ehemann oder Geliebten. Denk an Cleopatra, die sich ihres Gatten Ptolemaios entledigt hat. Selbst ihr Geliebter Marcus Antonius misstraute ihr. Sein Vorkoster musste alle Speisen, die ihm Cleopatra servierte, ausprobieren. Cleopatra lachte über diese Vorsichtsmaßnahmen und zeigte ihm, dass sie ihn trotz allem jederzeit vergiften könnte, wenn ihr nur der Sinn danach stand. Sie ließ ihren Haarkranz in seinen Wein fallen, nachdem der Vorkoster ihn getestet und für unbedenklich befunden hatte. Als Mark Anton an seinem Glas nippen wollte, hinderte sie ihn daran. Die Blumen ihres Kranzes waren mit Gift präpariert. Man verwendete damals Bilsenkraut, Eisenhut, Nießwurz oder Schierling. Cleopatra ließ einen Sklaven vom Wein trinken ..."

„Ich kenne die Geschichte, es gibt einen Spielfilm darüber. Der Sklave bricht spektakulär zusammen. Die Leute sehen so etwas gerne. Es hat aber nichts mit meiner Mutter und meinem Vater zu tun. *Das* war ein unglückseliger Unfall. Man kann es nicht Mord nennen, wenn Bienen ..."

„Hätte deine Mutter denn einen Grund gehabt, deinen Vater umzubringen?"

„Sie führten keine besonders glückliche Ehe, wenn du das meinst", gähnte Henri, „sie waren zu verschieden. Mein Vater war ziemlich ... gewöhnlich. Sie lebten mehr oder weniger nebeneinander her. Wie tausend andere Ehepaare übrigens auch. Wenn das für dich als Motiv für einen Mord ausreicht ..."

„Die Bienenstiche, der Kreislaufkollaps. Was mich doch sehr wundert, ist, dass die Bienenvölker nicht allesamt verkauft wurden, als sich die Allergie bei deinem Vater bemerkbar machte."

Karla steckte sich eine Zigarette an und stellte Henri den Aschenbecher auf den Bauch.

„Entschuldige! Aber das ist eine typisch laienhafte Vorstellung von Bienen. Die Leute meinen, es seien aggressive Tiere, die sich sofort bösartig auf alles stürzen, was sich bewegt. Du musst bedenken, die drei Bienenstöcke stehen rund 20 Meter vom Haus entfernt. Die Fluglöcher zeigen quer zum Haus. Die Bienen fliegen aus den Beuten heraus, steigen senkrecht nach oben über eine Hecke hinweg und fliegen von dort zu ihren Trachtquellen. Das Haus liegt nicht in ihrer Einflugschneise. Mein Vater wusste das alles, er war nicht ängstlich. Wäre er es gewesen, hätte man die Bienen verkauft. Er hat zur Sicherheit nicht mehr an den Kästen gearbeitet. Ein friedliches Nebeneinander war jedoch möglich. Tiere haben ihren ganz persönlichen Respektabstand, genau wie wir Menschen auch. Wird dieser akzeptiert, kommt man sich nicht ins Gehege."

„Ja, aber trotzdem. Ich hätte ..."

„Du hättest die Bienen deinem Mann zuliebe abgeschafft? Das ist nett von dir, aber ein richtiger Imker denkt wohl anders darüber. Mein Vater war selbst gegen den Verkauf. Die Bienen gehörten für ihn einfach zum Garten dazu. Er war seit langem krank, bequem und phlegmatisch. Er dachte gar nicht daran, im Garten spazieren zu gehen und den Bienen in die Quere zu kommen."

„Und doch hat er es getan", trumpfte Karla auf. „Er war in den Garten hinausgegangen, obwohl das Endspiel im Fernsehen lief."

„Die Person, *die du nicht nennen darfst* hat dich gut informiert!" Henri blickte amüsiert auf ihr Gesicht herunter. „Das Fernsehzimmer war voll von Zigarettenqualm, mein Vater war ein starker Raucher, es war unglaublich heiß, vielleicht wollte er nur kurz Luft schnappen."

„Und dabei haben sich die Bienen aggressiv auf ihn gestürzt? Vorhin hat du aber gesagt ..."

„Henri nahm Karla die Zigarette aus der Hand und drückte sie hustend aus. „Sag, war das eigentlich ernst gemeint, das mit dem Heiraten?"

Die Bienenkönigin ist Alleinherrscherin in ihrem Reich. Ihre Anwesenheit genügt, um die Eierstöcke aller weiblichen Tiere verkümmern zu lassen. Es gibt keine anderen Göttinnen neben ihr. Das königliche Hormon Pheronom zwingt einen ganzen Hofstaat in ihren Bann. Die geschlechtlich verkrüppelten Arbeiterinnen-Töchter vermissen den Königinnen-Duft bereits nach kürzester Zeit. Immer wieder unterbrechen sie ihre täglichen Verrichtungen und suchen die Nähe der großen Mutter, um sie mit ihren Zungen zu berühren. Sogar eine tote Königin, die sich bereits wie die Mumie eines Pharaos in vertrocknetem Zustand befindet, besitzt noch große Anziehungskraft auf lebende Bienen. Sie drängen sich um die sterblichen Überreste, nehmen die kaum mehr vorhandenen Duftstoffe begierig in sich auf; ihre Eierstöcke schrumpfen. Eine Vormachtstellung, die ihresgleichen sucht.

Und doch werden bei Hofe Intrigen gesponnen, auch Ränkespielen ist man nicht abgeneigt. In aller Heimlichkeit werden Putschversuche vorbereitet, neue Königinnen herangezogen. In ihren Wiegen werden sie von Arbeiterinnen-Ammen gehegt und gepflegt. Der Königinnen-Futtersaft, das Gelée Royale, dient ihnen als Götterspeise. Ziel dieser geheimen Aktionen ist der Sturz der Regierung. Die Erstgeborene der neuen Dynastie eilt zu den Waben ihrer Prinzessinnen-Schwestern und sticht diese noch in ihren Kinderbettchen ab. Die Königin-Mutter und die ihr verbliebenen Getreuen verlassen fluchtartig als Schwarm das Bienennest, um sich eine neue Bleibe zu suchen. Denn wehe, wenn sich eines Tages zwei mächtige Königinnen auf einer Wabe gegenüberstehen. Es kommt zum Zweikampf auf Leben und Tod. Als Siegerin wird die Stärkere oder die Schnellere, stets jedoch die Überlegenere hervorgehen. Nur eine darf als erste Frau dem Staate vorstehen, das Ruder in die Hand nehmen und die Geschicke an sich reißen.

So will es die Natur.

***

Karla hatte *JA* gesagt. Einfach „Ja, warum nicht heiraten?" Sie war noch nie verheiratet gewesen und man sollte im Leben alles einmal ausprobieren.

Henri hatte sich, rot vor Eifer, aus dem Bett geschwungen und die Flasche Sekt aus Karlas Kühlschrank geholt, die er dort heimlich deponiert hatte.

„Das Problem ist deine Mutter, sie wird alles tun, um es zu verhindern." Karla nahm einen kräftigen Schluck des kühlen, perlenden Getränkes. Im Zimmer war es unglaublich heiß.

„Du denkst zu schlecht über meine Mutter. Sie will nur mein Bestes, wie alle Mütter das tun. Aber sie ist eine nette Frau. Wenn du sie erst richtig kennen gelernt hast, wirst du sie lieb gewinnen. Dann wirst du merken, dass alle Vorwürfe und Verdächtigungen dieser Person, *die du nicht nennen darfst*, unhaltbar sind."

Karla war nicht besonders überzeugt, vor allem, was das „Liebgewinnen" betraf.

„Meine einzige Sorge ist, wie sie es verkraften wird, mich zu verlieren. Sie ist eine alte Frau, ich möchte sie ungern alleine lassen. Unser Haus ist groß genug, wir könnten alle zusammen dort wohnen."

Aha, so hatte Henri sich das vorgestellt: Mütterlich versorgt und bekocht von der einen Frau, *das andere* erledigt die neue. Auf keinen Fall das warme Nest verlassen, denn wer sollte sonst jeden Morgen die Aktentasche mit belegten Broten bestücken?

„Deine Mutter ist keine *alte Frau*, sie ist weder hilflos noch einsam. Sie wird sehr gut ohne dich zurechtkommen", widersprach Karla. Und ganz für sich alleine dachte sie: „Du naives, großes Kind. Du lieber Junge, du."

Aber Karla hatte Henris Naivität überschätzt. Beim Abschied küsste er sie auf die Stirn. Schon im Weggehen begriffen, drehte er sich noch einmal um und Karla staunte über seine großen, blauen Augen, die sich urplötzlich zu schmalen Schlitzen zusammenzogen.

„Du würdest alles dafür tun, um im Haus meiner Mutter herumschnüffeln zu können, nicht wahr? Du würdest mich dafür sogar heiraten."

Er hatte sie bei den Schultern gepackt und schüttelte sie leise. „Ich werde dir die Gelegenheit dazu verschaffen", sagte er und es klang wie eine Drohung. „Aber du musst eines wissen: Ich werde meine Mutter vor allem Bösen beschützen. Ich werde immer für sie da sein. Meine Mutter und ich, wir lassen uns von niemandem unterkriegen."

***

Ich sitze in meinem Arbeitszimmer, das auch mitten in der Nacht seinen zarten Fischgeruch nicht loslassen will und lese das Buch, das ich als Geburtstagsgeschenk für Almut gekauft habe. Es ist ein geschmackloses Geschenk, ich gebe es zu. Eine einzige Provokation! Ich schäme mich ein wenig dafür, aber nicht allzu sehr. Das Buch ist ein feministischer Kriminalroman und trägt den Titel *Drohnenschlacht*.

Bienenfleißig vernichtet eine grausame Mörderin ihre Liebhaber. Nach dem Liebesakt haben sie ihre Schuldigkeit getan, ausgedient sind sie ihr zu nichts mehr nütze. Vorher gehätschelt und gepflegt, werden sie urplötzlich aus dem Paradies vertrieben. Der Angriff erfolgt unvermutet und aus dem Hinterhalt, die Verblüffung der Herren ist jeweils grenzenlos, sie können es einfach nicht fassen. Ihre Bestürzung macht sie zu wehrlosen Opfern.

Ich wühle mich in das Buch hinein. Eine köstliche Frauengestalt: zielstrebig und ausdauernd, leidenschaftlich und unnahbar. Bis sie den entscheidenden Fehler begeht: Sie verliebt sich in den Kriminalhauptkommissar Wachtendonk. Schlecht, mein Mädchen, sehr schlecht! Ich verpacke das Buch in gelbes Biene-Maya-Geschenkpapier und lege mich schlafen.

***

Almut hatte sich von der Überraschung noch nicht ganz erholt. Sie war sichtlich um Fassung bemüht, als sie ihren Bienenstich, die Schwarzwälder Kirschtorte und die ästhetisch ansprechenden Petits fours auf dem Buffet arrangierte. Henri hatte ihr ohne Vorwarnung *diese Dame* ins Haus gebracht. Ohne zu fragen, hatte er *diese schreckliche Person* zu ihrem, Almuts, Geburtstag eingeladen und sie mit seinem unschuldigen Dackelblick einfach vor vollendete Tatsachen gestellt. Almut kochte innerlich vor Wut und Enttäuschung. Aber sie war eine Frau von Format, gewohnt, Gefühle erfolgreich unter ihre Kontrolle zu zwingen. Karlas Geschenk hatte sie mit Dankesworten und versteinerter Miene entgegengenommen.

Jetzt lag das Buch auf dem Esstisch. Jeder nahm es einmal in die Hand und blätterte darin herum. Die Reaktionen waren unterschiedlich: Marga und die Nachbarin legten es gleichgültig wieder an seinen Platz zurück. Henri lächelte sein neues nachsichtiges Lächeln und reagierte auf die Zumutung wie auf den dummen Streich eines törichten Kindes. Renate blickte Karla fest in die Augen und schüttelte fast unmerklich den Kopf.

Herrn Klein von Antiquitätenladen, Anton mit Vornamen, trieb es den Schweiß auf die Stirn.

Renate war es schließlich, die die Situation rettete. „Ich habe eine Honig-Dattel-Creme gemacht", sagte sie betont fröhlich und stellte die mitgebrachte Schüssel mit dem exotisch duftenden Inhalt auf den Tisch. „Ein ägyptisches Rezept, direkt aus der Wüste", zwinkerte sie in Karlas Richtung. „Im Original wird sie mit Kamelmilch zubereitet. Die ist hierzulande kaum zu bekommen".

„Und wie hast du dir beholfen?", fragte Marga mit hausfraulichem Interesse.

Renate erklärte die Herstellung der Honig-Dattel-Creme mit ausführlichen Worten. Die Gäste hingen ihr dankbar an den Lippen; außer Marga und der Nachbarin hörte ihr jedoch niemand richtig zu.

***

Henri verteilte den Bienenstich, während seine Mutter zum wiederholten Male auf den Belag mit Honig hinwies. Betroffene Gesichter, als völlig unvermutet von der Nachbarin das Thema *Drohnenschlacht* wieder aufgegriffen wurde. Renate beeilte sich, die Tischdekoration zu loben und die Kaffeegesellschaft auf die hübschen rosafarbenen Stoffservietten mit Blumenstickereien hinzuweisen. Die Nachbarin ließ sich nicht ablenken. Hartnäckig sah sie von Henri auf Almut – und dann voller Neugierde auf Karla, die nicht wusste, was sie sagen sollte. Aber Almut verhielt sich ruhig und sachlich, ganz fachkundige Imkerin. Sie wandte sich direkt an Karla:

„Es gibt eine wunderbare Abhandlung von Horst Stern zum Thema", fing sie an. „Vielleicht hätten Sie das vorher lesen sollen".

„Kriminalgeschichten sind schön und gut", fuhr sie fort. „Aber der Titel ist irreführend, fast schon populistisch." Karla schaute sie fragend an.

„Hier werden Klischees und Stereotypen bedient. Das Vorurteil von den grausamen Arbeiterinnen und den armen Drohnen ist weitverbreitet. Na gut, es ist ein Kriminalroman, die Leserschaft erwartet einen Mord, eine verabscheuungswürdige Gestalt, die ihn zu verantworten hat – und am Ende die Vergeltung. In jedem Leser steckt ein kleiner Richter und Vollstrecker, der die Erfassung und Bestrafung des Täters mit Genugtuung entgegennimmt. Ich lese sehr ungerne Kriminalromane. Sie haben so etwas Selbstherrliches".

„Oh!", machte Karla.

„Die Vertreibung des männlichen Teils des Bienenvolkes mag grausam erscheinen, aber sie geschieht aus rein ökonomischen Gründen. Das Leben der Drohnen hat keine andere Funktion als die Begattung der Königin. Allein zu diesem Zweck werden sie gehegt und gepflegt; sie können sich nicht mal selbst versorgen, sondern müssen gefüttert werden: Eine zusätzliche Belastung für die ohnehin fleißigen Arbeiterinnen. Drohnen tragen weder zur Verteidigung noch zum Wabenbau oder zur Nektarsammlung bei. Wer die Chance seines Lebens wahrnimmt und es schafft, mit der Königin im Fluge zu kopulieren, dem platzt meist noch in der Luft der Hinterleib mit einem zarten Knallgeräusch auf."

Almut schnalzte sachte mit der Zunge, um das Geräusch zu demonstrieren.

„Ein schneller und gnädiger Tod. Die meisten Drohnen jedoch verpassen ihre einmalige Chance, die Königin auf dem Hochzeitsflug zu begatten. Dennoch werden sie bis zum Spätjahr von der Gemeinschaft mitgetragen und schwelgen untätig in ihrem süßen Schlaraffenland aus Nektar und Honig vor sich hin. Ein fast dekadenter Luxus. Der Winter ist eine schwere Zeit, das Bienenvolk muss von seinen Honigvorräten zehren. Jeder unnütze Esser würde die gesamte Organisation in Gefahr bringen. Die Samentaschen der Königin sind gut gefüllt. Man braucht die Drohnen nicht mehr, man drängt sie aus dem Stock heraus, wirft sie zum Flugloch hinaus, vertreibt sie aus ihrem Paradies und überlässt sie dem Schicksal. Die Drohnen besitzen keinen Stachel und können sich nicht wehren. Von einer *Schlacht* kann keine Rede sein. Sogar das Bienengift ist für diese nutzlosen Wesen zu wertvoll. In den seltensten Fällen wird ein Drohn tatsächlich abgestochen. Der Tod tritt üblicherweise durch Verhungern ein. Das Volk entledigt sich seiner Zeugungsglieder. Im Frühjahr sind die Drohnen leicht zu ersetzen. Sie machen sich fast von selbst, nicht einmal Samen ist dazu notwendig."

„Noch ein Stück Schwarzwälder, Tante Marga?, fragte Henri in die atemlose Stille hinein.

Karla war überrascht und schwer beeindruckt: „Sehr interessant", räumte sie ein. Almut lächelte.

Aber die eigentliche Überraschung sollte erst noch kommen.

Herr Klein, Anton mit Vornamen, nestelte aus seiner Tasche ein zierliches Päckchen hervor und überreichte es dem Geburtstagskind.
Almuts Gesicht überzog sich mit einer feinen Röte. Sie packte ein Ringlein aus, kunstvoll gearbeitet und mit Diamanten besetzt.
„Und jetzt möchte ich euch noch etwas Wichtiges mitteilen", sagte sie hastig und Herr Klein stand auf, trat hinter ihren Stuhl und legte ihr wie zur Beruhigung beide Hände auf die Schultern.
„Anton und ich sind ja nun schon längere Zeit ein Paar. Wir gedenken, in Kürze zu heiraten."

Peng! Der Schlag kam völlig unerwartet, zumindest für Henri.

Während die anderen begeistert durcheinanderredeten und gratulierten, sah Karla Henri sozusagen zu Boden gehen. Der mentale Zusammenbruch, der sich da vor ihren Augen abspielte, erfolgte still, aber mit großer Heftigkeit. Renate sah es nur wenige Sekunden nach Karla. Beide blickten in ein leichenblasses Gesicht, der Mund war vor Bestürzung halb geöffnet. Es sah aus, als ob er gleich schreien würde. Aber er schrie nicht, sein Körper begann zu zucken. Er weinte.

„Und was wird aus mir?", brachte er bebend hervor, während sich Karla und Renate fassungslos um ihn bemühten.
„Und was wird aus dir?", äffte Almut seine Frage nach. „Du hast dich doch bereits selbst um einen Ersatz gekümmert."
Dabei blickte sie mit sonderbaren Augen, die gleichzeitig kalt und traurig waren, auf Karla.

Es war Henris Vertreibung aus dem Paradies. Und diese Drohnenschlacht hatte ein unbestreitbar grausames Gesicht.

Unter solchen Bedingungen schien es den Anwesenden beinahe nebensächlich, dass Frau Bartonik, die Nachbarin, unverhofft vom Stuhl glitt und dass ihr lebloser Körper nahezu lautlos von Almuts handgeknüpftem turkmenischen Buchara-Teppich in Empfang genommen wurde.

***

Die Hochzeitsfeierlichkeiten verliefen in dezentem Rahmen. Man nahm auf die melancholische Verfassung Henris Rücksicht. Er wurde überaus zart behandelt. Wenn er nicht in der Nähe war, sagte Almut leichthin: „Er wird es überleben!" Anton drückte ihr zum Trost die Hand. Renates Gesicht zeigte sich sorgenvoll. Karla war zwischen mitleidiger Zuneigung und Belustigung hin- und hergerissen: „Mein Gott, dieses liebe, große Kind", dachte sie und streichelte über sein Haar.

Karla hatte sich in der Feudenheimer Villa eingerichtet. Man hatte gemeinsam beschlossen, Henri während der Hochzeitsreise seiner Mutter nicht ganz alleine im Haus zu lassen. Renate warf ihrer Schwester Unsensibilität vor. Anton mischte sich in den Streit ein. Karla wollte sich heraushalten, jeder versuchte jedoch, sie auf seine Seite zu ziehen. „Ich bin nicht eure Ringrichterin", beschwerte sie sich.

Henri litt unter dem Verlust mehr als erwartet und tigerte ruhelos in Haus und Garten umher wie ein gefangenes Tier.

Karla kümmerte sich während Almuts Abwesenheit um ihn wie um verlassenes Katzenkind.

***

„Das ist Cäsar". Henri deutete mit dem Zeigefinger auf einen grau-weiß getigerten Kater. Er hatte schwermütig begonnen, alte Fotoalben durchzublättern. Karla machte sich nichts aus Familienfotos, leistete ihm aber gutmütig Gesellschaft. Sie begleitete ihn auf seiner rückwärtigen Reise durch die Jahre, betrachtete die Trauergäste auf seines Vaters Beerdigung, Almut, in ein schwarzes Kleid gehüllt, die immer wiederkehrenden Familienfeiern, Weihnachtsbäume, unzählige Bienenstiche und Schwarzwälder Kirschtorten, Urlaubsbilder. Henri mit Almut auf der Abiturfeier. Henri bei der Erstkommunion, Almuts Hand haltend. Ein ratlos aussehender Henri bei der Einschulung, neben seiner Mutter stehend.

Henris fünfter Geburtstag.
Eine Torte mit vier Kerzen.
Eine Torte mit drei Kerzen.
Dann eine Torte mit zwei Kerzen.
Danach Henris Eltern im Garten, im Urlaub, unter dem Weihnachtsbaum, vor dem Traualtar. Es war viel fotografiert worden.

„Wo ist dein erster Geburtstag?", fragte Karla. „Gibt es keine Babybilder von dir?"
Henri wusste die Antwort nicht. Er war sichtlich verwirrt und begann zu blättern und zu suchen.
„Das war mir noch nie aufgefallen", staunte er.
„Vielleicht hatten deine Eltern vorher keinen Fotoapparat", meinte Karla, merkte aber sofort, dass diese Annahme angesichts der unzähligen Almut-Portraits unsinnig war.
„Quatsch", sagte Henri und suchte weiter. Er blätterte Alben durch, suchte in Schränken und Schubladen. Systematisch graste er in fieberhafter und stummer Suche das ganze Haus vom Dachboden bis zum Speicher ab.

Karla erschrak ein wenig über den hitzigen Glanz in seinen Augen, ließ ihn aber gewähren. Seine neue Geschäftigkeit erlaubte ihr kurze Atempausen. Sie suchte ihre Wohnung auf, hörte den Anrufbeantworter ab, rief zwei neue Kunden zurück und besprach mit ihnen die geplanten Einsätze.

Unterdessen suchte Henri ununterbrochen weiter. Er sprach kaum, murmelte nur dumpf vor sich hin: „Sie müssen doch irgendwo sein."

Seine Ruhelosigkeit hatte etwas Furchteinflößendes. Karla schreckte vor ihm zurück. Sie scheute zurück vor seinen Augen, die zu schmalen Schlitzen geworden waren wie damals, als er seine Mutter so leidenschaftlich verteidigt hatte:

„Aber du musst eines wissen: Ich werde meine Mutter vor allem Bösen beschützen. Ich werde immer für sie da sein. Meine Mutter und ich, wir lassen uns von niemandem unterkriegen."

Was war dieses Böse, vor dem Henri seine Mutter beschützen musste? Karla graute vor der Frage, aber sie stellte sie.
„Antworte mir", bat sie, als er sie nicht beachtete und weiter Schublade für Schublade, Kiste für Kiste auseinandernahm.
„Antworte mir", schrie sie ihn an und begann, ihn heftig zu schütteln.

Henri erwachte aus seinem Traum. Es war ein langsames Erwachen; er musste sich in der Wirklichkeit neu zurechtfinden. Er blickte Karla an und erkannte sie wieder.
„Dein erster richtiger Fall, nicht wahr?", flüsterte er. „Du würdest ihn gerne lösen."

Er legte seine Hände um Karlas Hals.

„Hat dir schon einmal jemand gesagt, dass du eine lausige Detektivin bist? Aber das macht nichts, du hast ja mich. Ich werde dir helfen."

Karla perlten Schweißtropfen von der Stirn. Henris Hände umfassten ihren Hals nur ganz zart, aber seine Augen machten ihr Angst.
„Was soll ich dir also beantworten? Frag mich!"
„Los, frag mich", sagte er noch einmal und sein Griff wurde fester.

Aber Karla wollte nicht mehr fragen. Sie wusste die Antwort bereits. Das hier war kein Spiel mehr. Oder vielleicht war es ja ein Spiel, aber es entglitt ihr. Sie war gewohnt, nach eigenen Regeln zu spielen. Plötzlich gab Henri, dieses Kind, dieser große Junge, die Regeln vor. Der Spieleinsatz war hoch. Viel zu hoch. Sie war unvorsichtig gewesen. Sie hatte alles zu verlieren. Er hatte alles zu verlieren.

„Henri, du Lieber, bitte ...". Ihr blieb wenig Luft zum Atmen. Sie versuchte, sich zu befreien. Ihre Fluchtversuche verstärkten instinktiv den Druck seiner Finger. Sie zwang sich, ruhig zu bleiben. Der Druck ließ nach.
„Hast du deinen Vater umgebracht?", würgte Karla hervor.
„Ich bewundere dich für diese Frage in dieser Situation". Henri lachte.
„Du bist eine lausige Detektivin, aber nicht ohne Mut."
Karla verfluchte sich.
„Aber du weißt doch: Dein großer naiver Junge, dein Häschen, könnte niemandem etwas zuleide tun".

Karla hoffte es inständig.

„Ich würde nie an jemanden Hand anlegen."

„Gerade eben tust du es!", wollte Karla sagen, aber sie konnte nur noch keuchen. Der Griff lockerte sich wieder.

„Das naive Häschen bist du, mein Schatz. Dein Einfall mit dem Giftmord als dem weiblichsten aller Morde war nicht schlecht. Aber *ich* bin sogar so feige, dass ich das Gift nicht einmal selbst verabreicht habe. Ich habe andere für mich handeln lassen, wie du weißt. Die einzige Tat, die du mir vorwerfen kannst, ist, dass ich meinen Vater mit einem Anruf an die richtige Stelle gelockt habe. Dorthin, wo meine kleinen Helferlein auf ihn gewartet haben. Ich habe sie ein bisschen gereizt und verärgert und ihnen dann ihr Ziel gewiesen. Das ist ganz einfach."

„Warum?", wollte Karla fragen. Doch Henri kam ihr zuvor. Die Erinnerung an seinen Vater ließ ihn jede Selbstkontrolle verlieren. Seine Stimme wurde lauter und lauter, sein Griff um Karlas Hals heftiger. Karla verstand noch, dass der Vater ein Tyrann gewesen sei, dass er ihn und die Mutter gequält und gedemütigt hätte. Almut sei unglücklich gewesen. Sie habe geweint. Er könne es nicht ertragen, seine Mutter weinen zu sehen …

„Wie immer schiebt er seine Mutter vor." Karla hatte noch Kraft für diesen Gedanken.

… Ihn selbst habe der Vater beschimpft und als schwules Muttersöhnchen verhöhnt …

Das war es also! Der Vater hatte dem kleinen Sensibelchen auf den Schlips getreten.

Dann hörte Karla nichts mehr und verstand nichts mehr. Das Gurgeln in ihren Ohren wurde unerträglich laut. Sie dachte an nichts und hatte keine Angst. Aber ihr Körper wehrte sich heftig. Sie wollte nicht sterben. Finsternis wogte in sie hinein und sie fiel und fiel ...

***

Als Karla zu sich kam, lag sie auf dem Wohnzimmerboden. Sie lag in Henris Armen und ein wildes Weinen begann sie zu schütteln. Die blauen Augen waren wieder groß und ganz ruhig und blickten voller Liebe auf sie hinunter. Seine Hand streichelte ihren Nacken und seine Stimme sprach sanft auf sie ein.

„Versprich mir, bei deinem nächsten Fall vorsichtiger zu sein". Als Karla nickte, lächelte Henri und half ihr auf die Beine. „Verzeih mir", sagte er. Karla winkte müde ab.

Er führte sie zum Wohnzimmertisch. „Schau, was ich gerade gefunden habe: eine Adoptionsurkunde und einige Briefe. Deshalb gibt es keine Babyfotos von mir. Als Baby habe ich bei Renate gelebt. Sie ist meine wirkliche Mutter." Henri sprach schwer und schleppend.

Ohne ihn noch einmal anzublicken, nahm Karla ihre Tasche und wankte ins Freie.

„Einnistungsschwierigkeiten", sagte Renate.
„Was heißt das genau?" Karla kam sich dumm vor.

Sie saßen im Arbeitszimmer. Trotz der Hitze hatte Karla einen Schal um ihren Hals geschlungen. Renates beängstigende Kühle und Distanz waren verflogen. Sie war dem telefonischen Hilferuf augenblicklich gefolgt und hatte mit gefasster Miene Karlas Bericht gelauscht. Ihr Gesicht jedoch war von erschreckender Blässe.

„Das menschliche Immunsystem ist eine wunderbare Sache, wenn es perfekt funktioniert. Wenn der Körper Fremdstoffe und entartete Zellen als gefährlich erkennt und unschädlich macht – dann ist alles in Ordnung. Allerdings kommen auch Überreaktionen vor. Das Immunsystem verhält sich dann selbstzerstörerisch und äußerst aggressiv."

Karla nickte. „Das heißt, der Körper reagiert auf einen Embryo wie auf einen körperfremden Stoff und beseitigt ihn."

„Genau genommen ist der Embryo ja auch fremd – wenigstens zum Teil. Das System greift körperfremde Stoffe an, muss jedoch bei fremden Eindringlingen noch zusätzlich unterscheiden zwischen „unbedingt schützenswert" oder „kann eliminiert werden".

Karla schüttelte den Kopf: „Eine Gratwanderung, unglaublich."
„Und psychisch belastend noch dazu. Almut wünschte sich so sehr ein Kind – und es wollte einfach nicht klappen."

„Und da haben Sie ihr Henri einfach überlassen."
Renate sprang auf und wanderte ruhelos im Zimmer auf und ab.
„Von *einfach überlassen* kann überhaupt keine Rede sein."
Ihr Ton war wieder kalt geworden. Sie blickte Karla zornig an.
„Nichts war *einfach* damals. Die beiden haben mich überredet. Ich wollte das nicht. Ich habe lange gebraucht, um loszulassen. Es hat mir fast das Herz zerrissen. Aber die Sachlage war eindeutig und die Vorteile, besonders für das Kind, waren nicht wegzuleugnen."

„Sie haben sich großmütig für das Glück ihrer Schwester geopfert – und konnten Ihr Kunststudium schließlich doch noch abschließen. Hat man Ihnen Geld dafür gegeben?"
Renate war wütend: „Reden Sie nicht so sarkastisch daher. Sie haben ja keine Ahnung."
Das musste Karla einräumen. „Entschuldigen Sie."

„Als Almut ihren Willen endlich hatte, veränderte sich alles. Ich hätte der Adoption niemals zugestimmt, wenn mir die Folgen bewusst gewesen wären. Sie warf sich mit einer tierischen und krankhaften Mutterliebe auf Henri, sie klammerte und machte ihn zu ihrem willenlosen Geschöpf. Ihre Ehe wurde ihr völlig gleichgültig. Im Grund hat diese Adoption für alle Beteiligten nur Unglück gebracht."

Karla überlegte. „Aber diese offensichtliche Zurückweisung und die Heirat mit Herrn Klein spricht doch dafür, dass ihr jetzt andere Dinge wichtiger sind als Henri."

„Sie täuschen sich", sagte Renate traurig. „Ein Taschenspielertrick. Almut und dieser Antiquitätenhändler sind schon seit Jahren liiert. Ich wusste davon. Für sie war es nichts von allzu großer Bedeutung. Über ihn als Mensch kann ich nichts sagen, ich kenne ihn kaum."

Sie hatte ihren unruhigen Spaziergang unterbrochen und blickte Karla in die Augen.

„Können Sie es sich denn gar nicht denken? Die Ankündigung der Hochzeit war als Bestrafung für Henri gedacht. Sie muss sich kurzfristig entschlossen haben. Nämlich genau in dem Moment, als Sie als ernsthafte Konkurrentin aufgetaucht sind. Vergessen Sie nicht: es darf nur eine Königin in Henris Herzen geben."

Trotz der Hitze begann Karla zu frösteln. „Ja, aber ...", brachte sie hervor. „ ... was ich bei der ganzen Sache nicht verstehen kann ... wenn Sie wussten, dass Henris Vater keines natürlichen Todes gestorben war, wenn Sie der Meinung waren, dass jemand nachgeholfen haben könnte ... warum haben Sie nicht früher reagiert und sind zu Polizei gegangen? Warum haben Sie zwei lange Jahre damit gewartet?"

„Ich wusste es nicht sicher". Renate sah plötzlich sehr müde aus.

„Ich ahnte es, ich befürchtete es, ich hatte Angst. Mir stand deutlich vor Augen, wie Almut darauf hingearbeitet haben könnte. Ich kenne ihre Migräneanfälle, ich weiß, wie sie weinen kann, wie sie die Hände leidend vor das Gesicht hält. Henri geriet darüber schon als kleiner Junge außer sich. Er wollte seine Mutter beschützen; er hasste seinen Vater, den er als Eindringling in diese Mutter-Sohn-Idylle empfand."

„Aber nicht zu vergessen ...", Karla ließ es sich nicht nehmen, diese Tatsache aufs Tapet zu bringen, „Henri wurde von seinem Vater drangsaliert, beleidigt, angepöbelt, verhöhnt und in entwürdigender Weise als *schwule Tunte* beschimpft. Er hat es mir selbst so erzählt. Er hatte somit auch ganz persönliche Motive!"

Renate schaute aus dem Fenster. „Wie dem auch sei. Ich hatte die starke Vermutung, dass Henri für den Tod seines Vaters irgendwie verantwortlich war – und konnte deshalb nicht zur Polizei gehen. Verstehen Sie das nicht?"

„Aber sicher", sagte Karla bitter und betastete vorsichtig ihren schmerzenden Hals. „Man schaut in seine großen, blauen Augen – und verzeiht alles."

„Ich hatte zufällig einige Gesprächsfetzen zwischen Almut und Herrn Klein mitangehört, die mich glauben ließen ... die mich hoffen ließen, dass Henri unschuldig sei. Danach habe ich Sie aufgesucht."

„Ihrer Schwester können Sie wohl niemals verzeihen, nicht wahr?"

Aber Renate gab keine Antwort.

***

In ihrer Wohnung, deren Luft vom Geruch des fischigen Fritierfettes geschwängert war, führte Karla ihr ungeselliges Erdkröten-Dasein. Stündlich betrachtete sie die Flecken an ihrem Hals. Wie ein wechselwarmes Tier verfiel sie bald in diesen, bald in jenen Zustand. Schwerfällig stellte sie Überlegungen an und führte ansonsten ein dämmerungsaktives Leben, das mit Einbruch der Dunkelheit begann und erst in den frühen Morgenstunden endete. Sie verließ das Haus nur, um Zigaretten zu holen, um sich in der Stadtbibliothek mit Büchern über Ägypten einzudecken – und um sich im Fischgeschäft gegenüber ein zwiebeliges Herings- oder Sprottenbrötchen zu kaufen. Wie eine Kröte stellte auch sie keine besonderen Ansprüche an Umwelt und Nahrung.

Über der Stadt lag eine Dunstglocke, die die schwülwarme Luft erbarmungslos unter ihrer Halbkugel gefangen hielt. Wie Bufo Bufo, die Erdkröte, fühlte Karla sich plump und schwerfällig. Sogar ein langsames Heranschleichen, ein unmerkliches Fixieren, ein gemächliches Zuschnappen war ihr unmöglich geworden. Der Zuschnappreiz wird durch die Bewegung der Beute ausgelöst. Verhält sich die Beute reglos, verharrt auch die Erdkröte in Untätigkeit, zur Hälfte Lebewesen und zur anderen Hälfte erdhaftes Etwas.

Ohne Bewegung keine Reaktion.

Wie Renate zwei Tage nach ihrer Unterhaltung telefonisch mitteilte, hatte Henri sich vollständig in die Feudenheimer Villa zurückgezogen und weigerte sich, irgendjemanden zu sich hereinzulassen. Er ging nicht zur Arbeit und nahm das Telefon nicht ab.

Renate weinte.

Karla wartete auf eine Bewegung. Geduldig blätterte sie in ihren Büchern, las sich wahllos durch unterschiedlichste Themen und betrachtete Fotos der ältesten ägyptischen Tierdarstellungen. Die Kröte steht für den Beginn des Lebens. Die ägyptische Creatrix Haquit – die Frau mit dem Froschkopf; ihr Hieroglyphenzeichen eine Froschfigur. Sheila Na Gig, prähistorische Froschgöttin, Todes- und Lebenszeichen zugleich. Symbol für die Gebärmutter der Leben spendenden Gottheit, uraltes Symbol für entstehendes Leben, die Verkörperung aller belebenden Kräfte. Die Kröte auf Abbildungen und Amuletten mit einem Messer ausgestattet, Abwehrzauber für die toten Seelen.

Krötengifte als die ältesten bekannten Tiergifte wurden bereits im Altertum für Heilzwecke und aus weniger edlen Absichten eingesetzt. Die Gifte werden in den Hautdrüsen produziert. Manche wirken wie das Digitalisgift des Fingerhutes, andere lassen den Blutdruck des Opfers steigen und lähmen sein Gehirn.

Karlas Gehirn arbeitete ununterbrochen. Und doch konnte sie sich zu keiner Entscheidung aufraffen. Sie wartete.

In Abständen häutet sich die Kröte. Die alte Hautschicht platzt auf und wird mit langsamen, sich windenden Bewegungen über den Rumpf und die Glieder abgestreift und bedächtig verschlungen.

Am siebten Tag, dem Tag, an dem Almut und Herr Klein von ihrer kleinen Reise zurückerwartet wurden, rief Karla Renate an und fällte ihre Entscheidung. Endlich!

Und doch war Henri ihr zuvorgekommen.

„Weißt du noch? Die kleinen gratinierten Ziegenkäse mit Lavendelhonig und Rosmarinzweigen?"
Anton Klein lächelte. „Weißt du eigentlich, wie oft du auf der Heimfahrt „Weißt du noch?" gefragt hast?

Er hatte die große Tasche mit den Urlaubsmitbringseln aus dem Auto geholt und sie vor Almut auf den Küchentisch gestellt.

„Schwärme ich dir nicht schon seit Jahren von den Gerüchen, Aromen und Farben der Provence vor? Aber ich habe dich zu dieser Reise ja fast zwingen müssen ..."
Almut öffnete den Verschluss der Tasche und holte die sorgfältig verpackten Honiggläser hervor.
„Und das Lavendelhonig-Parfait mit Pinienkernen!" Almut war immer noch hingerissen.
„Die kalte Tomatensuppe mit Kräutern der Provence und Honig aus der Garrigue war auch nicht zu verachten."
Ich muss unbedingt ausprobieren, ob ich sie geschmacklich genau so nachempfinden kann wie Maître Paul in der Auberge du Pont."
„Material zum Experimentieren hast du ja genug gekauft", neckte sie Anton. „Da wurden ja weder Mühen noch Kosten gescheut."

Und tatsächlich: Almut wickelte Honigglas um Honigglas aus der Verpackung. Honig der Garrigue, Thymian-, Rosmarin-, Kastanienhonig. Baumheide, Edelkastanie, Akazie – und immer wieder Lavendelhonig in verschiedenen Farbabstufungen.

Fast wie ein Gemälde mit wunderschönen braunen, beigen und goldgelben Tönen, so standen die süßen Schätze der Provence jetzt sorgfältig aufgereiht auf Almuts Küchentisch.

„Und der nette Bruder Imker von der Abtei Senanque. Ein wandelndes Honiglexikon. „Miel monofloral" – Honig von einer Blütensorte, „Miel toutes fleurs" – Honig von mehreren Blütensorten ... Und wie der von seinem „Miel de cru" geschwärmt hat ... Ich dachte bisher immer, den Ausdruck *Grand gru* verwendet man nur bei Weinen."

Anton kam mit zwei Koffern vom Auto zurück und stellte sie im Flur ab. „Auf jeden Fall haben wir die beste Reisezeit erwischt. Der Lavendel steht nur bis Mitte August in Hochblüte. Man muss diese opulente Farbenpracht einfach gesehen haben."

Ja, sie hatten viel gesehen in dieser kurzen Woche. Das Village des Bories, dessen urtümliche Steinhäuser Almut an Bienenkörbe erinnert hatten. Den Flohmarkt in L'Isle-sur-la-Sorgue mit seinen Ständen, die am Fluss entlang aufgereiht waren. Das Amphitheater von Arles, Roussillon mit seinen Ockerfelsen, die ein phänomenales Farbenspiel boten, Avignon und der Papstpalast, die Quelle von Fontaine-de-Vaucluse. Und immer wieder die Märkte des Südens mit ihren deliziösen Gerüchen, die Poesie der unvergleichlichen Landschaft, Restaurants mit provençalischen Gaumenfreuden, auserlesenes Essen, Weine.

„Heute Abend werde ich zum Dessert das *Gratin von der rosa Pampelmuse mit Thymianhonig* zubereiten, wie wir es in Gordes gegessen haben. Henri wird begeistert sein!"

Almut blickte auf die Uhr. „Ich denke, er wird bald nach Hause kommen."

***

Henri lag in einer völlig verdrehten Körperhaltung im Garten hinter den Bienenstöcken im Gras. Seine Zunge war wie eine Purpurschnecke halb aus dem Mund herausgekrochen und in dieser Stellung verblieben. Als könnte sie sich nicht recht entscheiden, ob sie ganz aus dem Mund schlüpfen und den Absturz ins weiche Gras wagen sollte, schwebte sie unentschlossen über dem Gartenboden.

Die ganze Szenerie hatte etwas Unentschiedenes an sich.

***

Das brennende Gefühl kam vom Magen her. Bevor es sich Flammen werfend ausbreiten und sich seinen feurigen Weg durch die Speiseröhre bahnen konnte, wandte Karla sich ab.

Hauptkommissar Roll und die Kriminalobermeisterin Blumental vom Mannheimer Polizeipräsidium waren emotionsloser bei der Sache. „Keine äußerlich erkennbaren Gewalteinwirkungen", sagte Dr. Hieber. „Nur die Bienenstiche! Nach der gerichtsmedizinischen Untersuchung kann ich Ihnen mehr sagen."

***

Vier Stunden vorher hatte Karla im Mannheimer Polizeipräsidium vorgesprochen und einen etwas diffusen Bericht abgeliefert. Zu ihrem Ärger wurde die Angelegenheit mit nur mäßigem Interesse bedacht. Nach einigem Hin und Her ließ sich immerhin Hauptkommissar Roll dazu herab, näher auf die Sache einzugehen. „Ja, ich bin Privatdetektivin" und „Ja, es ist mein erster richtiger Fall". Durch endlose Fragereien hatte er sie gezwungen, diese Tatsache einzugestehen.

Mehr als die eigentliche Sache schien ihn Karlas Lebenslauf zu interessieren. In sein leicht amüsiertes Gesicht hätte Karla gerne hineingeschlagen. Als sie den leichten Schal, den sie trotz der entsetzlichen Hitze um ihren Hals drapiert hatte, schließlich entfernte, wurde das Gesicht des Hauptkommissars ernst. Er griff zum Telefon und ließ Karla die ganze Geschichte im Beisein mehrerer Kollegen erneut erzählen. Fragen wurden gestellt, Notizen gemacht, häufig besprach man sich untereinander, als sei Karla gar nicht vorhanden. Dann wandte man sich ihr wieder zu und ließ sich das bereits Gesagte noch einmal wiederholen. Karla spürte die Zweifel sämtlicher Anwesenden und das ihr entgegengebrachte Misstrauen. Als Kaufhausdetektivin hatte sie nur wenige persönliche Erfahrungen mit dieser Spezies Mensch sammeln können. Man hatte die Polizei gerufen, zwei Streifenpolizisten waren angerückt, der Dieb wurde übergeben. An Karla selbst war niemand interessiert gewesen. Jetzt musste sie sich plötzlich rechtfertigen, Erklärungen abgeben, sich verteidigen, entlasten. Warum sie nicht sofort gekommen sei? Karla lachte auf und man nahm es ihr übel. Eine unangenehme Situation.

Schließlich wurde Karla in ein Auto gesetzt. Man fuhr gemeinsam nach Mannheim-Feudenheim.

***

Karla war als erste aus dem Auto gestiegen, Hauptkommissar Roll kam direkt hinter ihr. Klingeln war nicht nötig; die Eingangstür der Villa stand offen.
Herr Anton Klein, der mit dem Ausräumen seines Autos beschäftigt war, wurde fast über den Haufen gerannt. Almut, die gerade ihre Schätze sortierte, ließ vor Überraschung einen sortenreinen *Grand Cru* fallen, Baumheide, ein ausgesprochen teurer Honig.
Niemand hielt sich mit Erklärungen auf. Karla stürmte in Henris Zimmer, rief nach ihm. Nach einem Blick aus dem Fenster hetzte sie mit klopfendem Herzen ins Wohnzimmer und von dort aus durch die offene Terrassentür in den Garten, hinter ihr Roll, die Kriminalobermeisterin Blumental, Dr. Hieber, mehrere Polizisten – und schließlich Almut und Anton Klein.

Wie Bienen sich zu einer Prozession formieren und eine jede dem Duft der Fußdrüsen der anderen folgt, hefteten sich alle an Karlas Fersen.

Die Kunst-und Antiquitätenmesse Anfang des Jahres in Karlsruhe hatte Herrn Klein in einen finanziellen Engpass gelockt. Hauptsächlich Porzellan, Glas und Kristall waren seine Liebhaberei. Die Lust, interessante Angebote bewundernd mit beiden Händen zu befühlen, hatte bei ihm Unbesonnenheit zur Folge. Atemberaubenden Liebhaberstücken konnte er nicht widerstehen. Er reihte sie in seine Privatsammlung ein oder stellte sie in seinem Laden aus. Nicht jeder teilte seine Sehnsucht nach alten Werten. Einst war Almut eine seiner treuesten Kundinnen gewesen. In ihrem Auftrag hielt er Ausschau nach den Schönheiten vergangener Zeiten. Sehr viele treue Kunden hatte Herr Klein nicht mehr zu verzeichnen. Antiquitätenhandel im kleinen Rahmen hatte keine Hochkonjunktur. Die Kunden achteten auf die Preise. Erdreisteten sich mitunter, zu feilschen und zu handeln. Herr Klein verachtete diese Flohmarkt-Krämerseelen. Liebhaberpreise waren es, die ihn interessierten, keine Materialpreise. Liebhaberpreise sind Schwankungen unterworfen. Eine Biedermeier-Tasse, Gothaer Porzellan, weiß mit Goldrand, konnte Herrn Klein in Entzücken versetzen. Für ihn war es nicht einfach nur eine schöne Tasse. Es war ein Fragment der Vergangenheit, ein Teil der Geschichte. Eine Prunkvase, Meißen um 1820 mit Landschaft und Personenstaffage, war eine Wertanlage, für die er gerne 2.000 Euro auf den Tisch des Auktionshauses legte. Die Porzellanfigur einer grazilen jungen Tänzerin, Art Deco um 1930, stellte ein Stück Beständigkeit in Zeiten des ständigen Umbruchs dar. Herr Klein gestand Antiquitäten eine Seele zu. Zahlungskräftige Kunden blieben dennoch aus. Er fühlte sich unverstanden. Seine geschäftlichen Bemühungen bargen ein hohes Risiko, er hoffte auf hohe Gewinne. Verluste waren die Erfahrung seiner letzten Jahre. Nur selten griff man für Expertisen und Schätzungen auf ihn zurück. Ein abgeschlossenes Kunststudium, gar noch mit Doktortitel, konnte er nicht vorweisen. Er war Autodidakt und Liebhaber. Die Heirat mit Almut, vom Grunde her durchaus mit Neigung und Sympathie in Zusammenhang zu bringen, bot darüber hinaus weitere Vorteile. Der Einblick in die finanziellen Verhältnisse seiner Frau ließ das antiquarisch interessierte Herz Anton Kleins höher schlagen.

Die verlockende Aussicht, ganz alleine über das Kapital seiner Ehefrau zu verfügen, entstand schlagartig vor Antons Augen wie ein Traumbild, schärfte seine Sinne und ermöglichte ihm, die Situation um einige Minuten früher zu erfassen als Almut selbst, die mit ungläubigem Gesicht neben ihm stand und auf den Toten hinabsah. Herr Klein schritt an ihr vorbei, ging an Karla und der Kriminalobermeisterin vorüber und näherte sich Roll. Dann sprach er, indem er sein Kinn leicht in die Richtung vorschob, in der Almut stand, den verhängnisvollen Satz, der seine junge Ehe mit einem Schlag zerstörte und seine Träume wie eine Seifenblase zerplatzen ließ: „Sie hat es wieder getan."

***

Die Szenen, die sich im weitläufigen Garten der Feudenheimer Villa abspielten, lassen sich schnell zusammenfassen. Der ungläubige Gesichtsausdruck Almuts machte augenblicklich konkreteren Gefühlen

Platz. Eine Mischung aus Trauer und unglaublichem Zorn war es, die sie auf Anton Klein zugehen und ihm ihre kleine Hand mit aller Kraft ins Gesicht schlagen ließ. Als gälte es, Streithähne auseinanderzubringen, warfen sich zwei Polizisten dazwischen. Aber Herr Klein wehrte sich nicht.

***

Hauptkommissar Roll wischte Karlas Einwände und Erklärungen beiseite. Für ihn lag in Hinsicht auf Almut dringender Tatverdacht vor. Der Richter folgte dieser Einschätzung und ordnete Haftbefehl an. Der gerichtsmedizinisch festgestellte Zeitpunkt von Henris Tod rechtfertigte eine Untersuchungshaft ohnedies. Die schmerzliche Erkenntnis, dass Henris geschwächtes Immunsystem genau in dem Augenblick mit Kreislaufhypotonie auf das Bienengift reagierte, als Almut mit ihrem Lavendelhonig beschäftigt war, bescherten ihr einen Nervenzusammenbruch. Roll, entzückt von der Tatsache, eine Verdächtige vorweisen zu können, bugsierte die völlig aufgelöste Frau behutsam auf den Rücksitz des Polizeiwagens.

In diesem Sommer gefiel sich Mannheim wieder einmal als deutsche Hitzerekordstadt. Die schwülen 38 °C waren nicht wegzudiskutieren. Karla öffnete ihr Fenster zur Fressgasse und schloss es augenblicklich wieder. Obwohl keinerlei Bewegung in der Luft lag, hatten die Gerüche der Fischküche die günstige Gelegenheit genutzt und sich in ihr Arbeitszimmer gedrängt. Von hier aus durchwanderten sie die flirrende Hitze der Wohnung und ließen sich überall nieder.

Renate war dünner geworden. Aufgrund der hohen Temperaturen hatte sie auf die sonstige Maskerade mit Wangenrouge verzichtet, so dass ihre Blässe Karla beunruhigte.

„Allergien sind keine Erbkrankheiten", sagte Renate und nickte dankbar, als Karla ihr ein Glas Mineralwasser voller Eiswürfel anbot. „Allerdings kann die Veranlagung für allergische Reaktionen genetisch vererbt werden. Henri hat nicht gewusst, wie er auf Bienengift reagieren würde. Er hat es einfach versucht und darauf ankommen lassen."

Karla ahnte, wie sehr Renate unter diesen Gedanken leiden musste.

„Seine Verzweiflung muss größer gewesen sein als wir alle dachten."

„Dieses große, dumme Kind", dachte Karla und eine sanfte Traurigkeit übermannte sie, so dass ihr kein Wort des Trostes einfallen wollte.

„Ich freue mich", sagte sie schließlich vorsichtig, „dass sie sich mit ihrer Schwester ausgesöhnt und zu ihren Gunsten ausgesagt haben."

„Auch sie", Renate fiel dieses Eingeständnis sichtbar schwer, „hat ihren Frieden mit mir geschlossen".

„Immerhin haben Richard und ich sie jahrelang betrogen. Wir hatten ein Liebesverhältnis. Für mich war er immer mein Mann und der Vater meines Sohnes."

„Henri wusste übrigens, dass sein Vater ein Verhältnis mit einer anderen Frau hatte." Renate blickte durch Karla hindurch wie durch eine Glaswand. „Er hasste Richard dafür. Dass *ich* diese Frau war, wusste er zum Glück nicht."

Mit Anfang 30 hatte sich Renate in die Ehe mit einem Studienkollegen geflüchtet, konnte dieses Versteckspielen nicht sehr lange ertragen und ließ sich nach 6 Jahren wieder scheiden. Der Vater ihres Sohnes war und blieb die einzige Liebe ihres Lebens. Henri hasste seinen Vater dafür, dass dieser ein Liebesverhältnis unterhielt und bemühte sich Zeit seines Lebens, die *falsche* Mutter zu schützen.

Karla wurde nach und nach das ganze Ausmaß dieser Tragödie bewusst. Wie heftig musste Renate der Verdacht, der Sohn könnte den eigenen Vater auf dem Gewissen haben, gequält haben. Wie schmerzlich muss ihr die vermeintliche Mitschuld zugesetzt haben. Natürlich hatte sie liebend gerne an Henris Unschuld geglaubt und sich gierig an jeden noch so kleinen Strohhalm geklammert, um sich von ihren Seelenqualen zu befreien. Hätte sie die Sache einfach auf sich ruhen lassen, wäre es vielleicht niemals zu diesem schrecklichen Ende gekommen.

Karla überlegte voller Sorge, ob Renate wohl in der Lage war, diese ungeheuerliche seelische Belastung zu überstehen. Die Frau war ihr im Lauf der Zeit irgendwie sympathisch geworden.

„Ich habe die Situation schon immer belastender empfunden als Richard", sagte Renate. „Er neigte dazu, die Dinge so zu nehmen wie sie kamen und nicht viel nachzudenken. In den letzten Jahren hat er sich immer mehr zu seinen Ungunsten verändert. Nach seinem Herzinfarkt wurde er unduldsam und zunehmend verbittert. Der Umgang mit ihm wurde schwierig bis unerträglich. Er hat sich gehen lassen und sich selbst aufgegeben. Ich dagegen bin an unserem Schicksal gewachsen."

„Haben Sie auch nur eine kleine Vorstellung davon", fragte sie dann unverhofft und sah Karla herausfordernd in die Augen, „was es bedeutet, eine heimliche Witwe zu sein?"

Karla musste sich eingestehen, noch nie darüber nachgedacht zu haben. Die heimliche Geliebte eines verheirateten Mannes zu sein, die ewig Zweite, die Inoffizielle, die, welche Jahr für Jahr einsam die Weihnachtstage und klaglos alleine ihre Urlaube verbringt. Von der Gesellschaft geächtet als diejenige, die in eine fremde Ehe einbricht und einer anderen Frau den Mann wegnimmt, während dem Mann solche Eskapaden weniger kritisch angekreidet werden.

„Die Heimlichkeiten gehen nach dem Tod des geliebten Mannes weiter", Renate sprach voller Bitterkeit. „Almut durfte an Richards Grab hemmungslos weinen und sich von Henri trösten und stützen lassen. Die Gesellschaft hat Verständnis für eine trauernde Witwe; ja, Gefühlsausbrüche werden sogar von ihr erwartet. Ich durfte in der Öffentlichkeit nur sehr diskret trauern, so wie es sich bei einem verstorbenen Schwager geziemt."

Karla war bestürzt.

„Ich wäre auch gerne zusammengebrochen, das können Sie mir glauben. Ich hätte mich auch gerne von Verwandten und Nachbarn in den Arm nehmen und trösten lassen. Aber ich war ja nur die heimliche Witwe und hatte keinerlei Recht, öffentlich meine Gefühle zu zeigen. Niemand hätte mir auch nur das geringste Verständnis entgegengebracht."

Karla sprach leise: „Und bei Henris Beerdigung hat sich diese Situation wiederholt."

Sie schwiegen noch eine Weile und gaben sich schließlich die Hand. Wortlos verließ Renate die Wohnung.

Ich sitze im Intercity, der um 16.35 Uhr den Mannheimer Hauptbahnhof Richtung München verlassen hat. Das unruhige Treiben um mich herum hindert mich am Dösen. Es scheint, dass alle Fahrgäste gleichzeitig mit ihrem Handy beschäftigt sind, Anrufe erhalten, ihre Freunde anrufen oder wichtige Botschaften auf dem Mäuseklavier schreiben. Direkt hinter mir quengelt ein übermüdetes Kind. Ein ständiges Kommen und Gehen herrscht zwischen Bordrestaurant, Toilette und Großraumwagen. Der junge Mann neben mir lauscht mit geschlossenen Augen und verstopselten Ohren einer Musik, von der ich nur die tiefen Frequenzen wie ein endloses Stampfen wahrnehme.

Lächelnd entdecke ich in meinem Notizbuch die wilden Schnörkel, die phantastischen Bögen, die unendlich ausufernden Spiralen, die ich beim Nachdenken unbewusst auf den Seiten hinterlassen habe. Auch die Bienenwaben, die meine Gedankenwelt kurzfristig beeinflussten, haben mich nicht weitergebracht.

„Schließen Sie Ihr Studium ab", hatte mir Renate mit auf den Weg gegeben und ihre Hand freundschaftlich auf meine Schulter gelegt. „Es ist weder eine Frage des Alters noch des Geldes. Sie müssen einfach nur lernen, in Blumensträußen zu denken".

Ich grüble darüber nach, was sich wohl hinter ihrem Ratschlag verbergen könnte. Aber eigentlich habe ich die Lösung bereits gefunden. Vielleicht illustriert eine Vorstellung des Gegenteils, was sie damit gemeint hatte. Das Gegenteil der bunten, vielfältigen Gleichzeitigkeit, der gewachsenen, zum Licht strebenden Natürlichkeit, ist das „Denken in Rechtecken", möglichst noch in grauen, ebenmäßigen Rechtecken. Und plötzlich bin ich davon überzeugt: ICH kann in Blumensträußen denken, denn sonst würde ich jetzt immer noch in meiner ungelüfteten Mannheimer Wohnung sitzen und verbittert über den Fischgestank und mein Erdkröten-Dasein lamentieren.

Ich beschließe, Renate gleich nach meiner Ankunft eine farbenprächtige Ansichtskarte von einem der Bauerngärten am Chiemsee zu schicken, mit bunten Blumen, die von einer milden Sonne verwöhnt und von Bienen umsummt werden – und vor lauter Vorfreude auf die lange vermissten heimatlichen Gefilde dehne ich mich wohlig auf meinen Sitz, recke die Arme – und reiße meinem Nachbarn versehentlich die Stereokopfhörer von den Ohren.

„Frau Bartonik ist übrigens nicht ermordet worden, sondern eines natürlichen Todes gestorben", sage ich in sein erschrockenes Gesicht hinein. „Sekundenherztod – nicht das allerschlechteste Ende".

Er nickt mir ängstlich zu, setzt sich seine Kopfhörer wieder auf und ich lausche befriedigt dem Stampfen und Wummern, das mich irgendwann doch noch zum Einschlafen bringt.

ENDE

Rezeptanhang

Almuts Bienenstich

1. **Der zarte Hefeteig:**

500 Gramm Mehl in eine Schüssel sieben. Eine Mulde in das Mehl hineindrücken, in der mit 30 Gramm Hefe, 1 Teelöffel Honig und 1 Esslöffel lauwarmer Milch ein kleiner Vorteig angerührt wird. Den Vorteig leicht mit Mehl bestäuben und an einem warmen Ort gehen lassen, bis er sich verdoppelt hat und Blasen wirft.

60 Gramm Zucker, 1 Prise Salz, 4 Eigelbe, 1 abgeriebene Zitronenschale, 100 Gramm weiche Butter und ¼ Liter lauwarme Milch nach und nach unterrühren. Danach wird der Teig mit einer Küchenmaschine oder dem Knethaken des Handrührgerätes kräftig bearbeitet, bis er eine zarte elastische Konsistenz erreicht hat. Den Teig zudecken und wiederum an einem warmen Ort gehen lassen, bis er zur doppelten Größe aufgegangen ist.

Danach wird der Teig erneut durchgeknetet und auf einem gebutterten Backblech fingerdick ausgerollt.

2. **Der Belag mit Honig und Mandelstiften:**

200 Gramm Honig, 100 Gramm Butter, 300 Gramm, Mandelstifte und 3 Esslöffel süße Sahne aufkochen lassen und dabei ständig rühren, bis die Masse glasig, aber nicht braun ist. Die abgekühlte Mischung auf den

ausgerollten Teig streichen und das Ganze etwa 25 Minuten bei 200 °C backen.

3. **Die Buttercreme für die Füllung:**

3 Eigelbe, 40 Gramm Zucker und 1 Päckchen Vanillepuddingpulver mit 3 - 4 Esslöffeln von ½ Liter Milch zu glatter Konsistenz verrühren. Die restliche Milch und das ausgeschabte Innere einer halben Vanilleschote dazugeben. Das Ganze einmal kräftig aufkochen lassen und anschließend bei kleinem Feuer gut verrühren. Man lässt die Masse erkalten und rührt dabei von Zeit zu Zeit um, damit sich keine Haut bildet. 100 Gramm Butter schaumig schlagen und nach und nach 100 Gramm Puderzucker unterrühren. Die kalte Buttercreme esslöffelweise unterrühren.

Den gebackenen erkalteten Kuchen in breite Längsstreifen zerteilen. Diese quer durchschneiden und mit der Buttercreme füllen. Danach in Portionsstückchen schneiden.

Bienenstich, wie er in Mannheim gerne gegessen wird

Von einer der ältesten Café-Konditoreien Mannheims (seit 1838), dem Familienbetrieb Herrdegen (auch bekannt für seinen köstlichen „Mannemer Dreck"), wurde mir freundlicherweise folgendes Bienenstich-Rezept zum Abdruck überlassen:

Man braucht 430 g Hefeteig für einen Kuchen mit 28 cm Durchmesser.

Röstmasse für den Belag: 200 g Zucker, 100 g Honig, 200 g Butter, 50 g Milch, 20 g Glykosesirup. Die Zutaten im Kupferkessel auf 107 °C erhitzen, dann 220 g gehobelte Mandeln in die kochende Masse einrühren. Auf dem Teig verteilen und nach einigen Garminuten backen. Zur Füllung eignet sich eine leichte Vanillecreme oder auch nur eine Sahnefüllung mit Vanillegeschmack.

Renates ägyptische Honig-Dattel-Creme

200 Gramm Datteln werden in Wasser einmal kräftig aufgekocht. Danach lässt man sie auf kleinem Feuer circa 10 Minuten leise köcheln. Nach dem Trockentupfen werden die Datteln enthäutet, entsteint und grob zerhackt.

Die Datteln mit 250 Gramm Mascarpone, 1 Esslöffel flüssigem Honig, 1 Teelöffel Zitronensaft und 1 Teelöffel Zimtpulver zu einer homogenen Creme pürieren. Anschließend 3 Esslöffel Kokosflocken unterrühren.

Die Creme vor dem Servieren mindestens 2 Stunden im Kühlschrank anziehen lassen.

Marzipan-Konfekt nach Henris Geschmack

100 Gramm gemahlene Mandeln werden mit 1 Esslöffel flüssigem Honig und einigen Tropfen Rosenwasser zu einer homogenen Masse verknetet. (Bei kleinen Mengen wie im Rezept angegeben braucht man dafür keine Küchenmaschine, sondern kann einfach einen Löffel oder eine Gabel verwenden.)

Anschließend werden Kugeln geformt, die man in gehackten Pistazien wälzt.

- *Honig mit Marzipan ist etwas weicher in der Konsistenz und sollte deshalb nach der Zubereitung einige Stunden im Kühlschrank ziehen. Sollte die Masse danach immer noch zu weich sein, knetet man noch etwas gemahlene Mandeln darunter.*

- *Rosenwasser ist sehr geschmacksintensiv. Behutsam dosieren und abschmecken!*

- *Zum Sultanskonfekt schmeckt wunderbar eine Tasse mit starkem Mokka.*

Feine Honig-Waffeln nach Art der Imkerin

150 Gramm Blütenhonig
100 Gramm weiche Butter
4 Eigelb
1 Esslöffel Vanillezucker
abgeriebene Schale von 1 Zitrone
200 Gramm Mehl
1 Teelöffel Backpulver
¼ Liter süße Sahne
4 Eiweiß, sehr steif geschlagen
etwas Butter für die Form
Puderzucker zum Bestäuben

Honig, Butter und Eigelbe schaumig rühren. Vanillezucker und Zitronenschale dazugeben. Abwechselnd das mit Backpulver vermischte Mehl und die Sahne dazurühren. Das sehr steif geschlagene Eiweiß vorsichtig unter die Masse heben.

Das Waffeleisen erhitzen, 2 Esslöffel Teig in die Mitte geben, leicht verstreichen und das Eisen verschließen. Die Waffeln 2 - 3 Minuten lang backen.

Spezialrezept der Autorin

Genau genommen kein Rezept, sondern eine Honigzubereitung sind die „**Honignüsse – Bienenküsse**", für die ich am liebsten selbst gesammelte Walnüsse aus der Region nehme. Man kann aber auch Haselnüsse oder jede andere Nussart, gerne auch eine Mischung aus verschiedenen Nüssen, verwenden.

Saubere, gut abgetrocknete Honiggläser werden dicht an dicht mit Nüssen bestückt, so dass das Glas gut gefüllt ist, sich aber noch locker schließen lässt. Flüssiger Imkerhonig (z. B. Akazien) wird leicht erwärmt (nicht über 30 °C). Die Nüsse werden mit dem warmen Honig übergossen, bis das Glas voll ist. Mit einem selbst gestalteten Etikett „**Honignüsse – Bienenküsse**" kommt dieses kleine Geschenk immer gut an.

Guten Appetit !

Lightning Source UK Ltd.
Milton Keynes UK
UKHW022051141220
375084UK00003B/46